# 쉽고 친절한 글쓰기

**쉽고 친절한**

# 글쓰기

2016년 11월 14일 제1판 제1쇄 발행
2017년 12월 25일 제1판 제2쇄 발행

지은이　　조재도
펴낸이　　강봉구

펴낸곳　　작은숲출판사
등록번호　제406-2013-000081호
주소　　　10880 경기도 파주시 신촌로 21-30(신촌동)
전화　　　070-4067-8560
팩스　　　0505-499-8560
홈페이지　http://www.작은숲.net
이메일　　littlef2010@daum.net

ⓒ 조재도

ISBN 979-11-6035-004-3  03800
값은 뒤표지에 있습니다.

# 쉽고 친절한

# 글쓰기

조재도 지음

작은숲

## 머리말

저는 그동안 30년 이상 글과 함께 살았습니다. 글을 쓰기도 하고 지도하기도 하면서. 그 결과 여러 권의 책을 발간했고, 글쓰기 지도와 관련한 이 책을 발간하게 되었습니다.

서점에 나와 있는 글쓰기 관련 책을 저도 몇 권 보았습니다. 그런데 너무 전문적이어서 어렵거나, 두껍고, 설명이 딱딱하여, 글쓰기 입문자들이 글쓰기 공부를 하려다 지레 포기하고 말 것 같았습니다. 저는 이런 분들을 위한 책이 하나쯤 필요하겠다 싶어 이 책을 썼습니다.

저는 이 책을 "어떻게 하면 나도 글을 잘 쓸 수 있지?",

"글 잘 쓰는 사람 부러워.", "글쓰기에 관한 쉽고 친절한 책은 없나?", 이런 분들에게 권합니다. 다른 글쓰기 책은 읽을수록 더 헷갈리기만 한다는 분들에게 이 책을 추천합니다.

글쓰기 기초 완성! 이것이 이 책의 핵심입니다. 휴대폰처럼 늘 가까이 두고 시간 날 때마다 읽으세요. 글쓰기의 기초가 완성됩니다.

2016년 10월

조 재 도

차례

# 1부 글을 잘 쓰고 싶어요

# 2부   글쓰기의 실제

# 3부    글 고치기(퇴고)

## 일러두기

1) 이 책에 사용된 「 」는 한 편의 작품을, 『 』는 단행본을 나타냅니다.
2) 모든 예문은 [ ] 속에 넣었습니다.
3) 예문 중 출처를 밝히지 않은 것은 모두 조재도의 글에서 가져왔습니다.
4) 글을 쓰면서 참고했거나 직접 인용한 자료책, 신문기사, 인터넷 사이트 등는 본문에 그대로 밝혔습니다. 혹 빠진 부분이 있다면 연락주시기 바랍니다.

# 1
# 글이란 무엇인가?

오늘 글쓰기 공부 첫 시간이에요. 무슨 말로 말문을 열까 생각하다 시를 하나 준비했어요. 같이 읽어 볼까요?


나무를 심은 사람

조재도


고독 속으로 뒷걸음질쳐 들어간 후

그는 스스로 황무지가 되었다, 이른 봄 나비조차

날지 않았다, 비와 햇빛 불모의 땅

그 누구의 것도 아닌 누구나의 땅에

도토리를 심었다

생명 있는 모든 것들 사라지고 없었다

아침에 그는

수직으로 물속을 걷는 사람처럼 집을 나섰다

정오에 그는 뙤약볕 아래 그림자가 짧았다

멀리서 보면 작은 나무등치 같았다

그는 혼자 힘으로 집을 고쳤다

설거지를 해 물기를 깨끗이 닦았고

하루 한 번씩 산뜻하게 면도도 했다

때로 술에 취해 진흙처럼 무너지고 싶었지만

술잔을 받으면 조용히 상에 놓았다

다음 날도 그는 도토리를 심었다

누구의 것도 아닌 누구나의 땅에

하루에, 백 개씩, 삼 년 동안, 십만 개를 심었다

그는 맹렬히 일하지 않았다 꾸준히

묵묵히 물 속을 수직으로 걷는 사람이

물의 속살을 헤쳐 나가듯

일했다 일상의 뒷면

고독 속에서

고독하게

― 시집 『좋은 날에 우는 사람』 중에서

이 시에서 제가 말하고자 하는 바가 무얼까요? 그렇죠. 꾸준히 하라는 겁니다. 시에서 말하는 사람을 '화자'라고 하는데, 이 시의 화자는 '그'입니다. 그가 하는 일이 뭔가요? 도토리를 심는 일이죠. 도토리를 어떻게 심어요? 매일 심어요. "하루에, 백 개씩, 삼 년 동안, 십만 개를 심어요."

여러분 한번 생각해 보세요. 무슨 일인가를 꾸준히 한다는 거 쉽지 않은 일이에요. 남이 알아주든 말든, 무슨 보상이 있든 없든 꾸준히 한다는 것, 참으로 어려운 일입니다. 그런 일을 하다 보면 싫증이 나요. 하기 싫어 중도에 그만둡니다. 심지어 "왜 내가 이 일을 해야 해?" 하며 자기 자신에게 짜증을 냅니다. 그럴 때 어때요? 시에 나오는 것처럼 술에 취해 진흙처럼 무너지고 싶지요. 다 때려치우고 멋대로 살고 싶어요. 만약 그렇게 한다면 어떻게 될까요? 무슨 일인가를 이루기 어렵겠죠?

그래서 시 속의 화자는 "술잔을 받으면 조용히 상에 놓

**14**

습니다". 그러면서 어떻게 해요? 집이 부서지면 누구의
도움을 받지 않고 혼자 힘으로 집을 고칩니다. 식사가 끝
나면 그릇을 설거지해 물기를 깨끗이 닦아 엎어 놓습니
다. 하루 한 번씩 산뜻하게 면도도 합니다. 다시 말해 그
는 일상에서 해야 할 일을 철저히 합니다. 왜? 도토리를
심기 위해서죠. 일상을 함부로 하면 일상이 망가져 도토
리도 심을 수 없기 때문이죠.

자, 여기서 도토리를 심는 일이 글쓰기 공부를 하려는
우리들에게 무엇과 같을까요? 그렇죠. 도토리를 심는 일
이 우리들에게는 글을 쓰는 일입니다. 시의 화자가 일상
속에서 고독하게 도토리를 심었듯이 우리도 일상 속에서
글을 쓰려고 합니다. 시에서 그는 맹렬히 일하지 않았어
요. 왜 그랬을까요? 그렇죠, 지치지 때문에. 지쳐 나가떨
어지기 때문에. 무슨 일이든 처음에 열을 내어 하다 보면
얼마 못 가 지쳐 나가떨어집니다. 그렇게 하지 않기 위해
그는 매일 매일 조금씩 일합니다.

여기서 우스갯소리 하나 해 볼까요? 이런 말이 있습니
다. 여러분 한번 맞혀 보세요.

> 글은 (                    )로 쓴다.

자, (   ) 안에 들어갈 말은? 머리? 손?

답은 '엉덩이'입니다. 글은 엉덩이로 쓴다, 입니다. 이게 무슨 말이냐? 글을 쓰려면 먼저 한 자리에 앉아 있어야 한다는 말입니다. 컴퓨터 자판을 치든, 볼펜으로 종이에 쓰든, 앉아 있지 않으면 안 된다는 거죠. 이 말은 곧 글은 매일 조금씩 거르지 말고 써야 함을 강조하는 말입니다.

그럼 이제부터 이번 시간 본론에 해당하는 이야기로 넘어갈까요?

## 글이란 무엇인가?

사람은 누구나 혼자 살 수 없어요. 둘 이상이 모여 삽니다. 그렇게 사람이 모여 사는 곳을 '사회'라고 하죠. 따라서 사람이 하는 모든 행위는 사회적입니다.

사람은 어떤 일을 하면서 생각이나 느낌, 감정을 갖게

됩니다. 그것을 표현하고 이해하고 느낌을 공유하는 일을 '의사소통'이라고 해요.

이제부터 우리가 쓰려는 글도 의사소통을 하기 위한 것입니다.

의사소통은 말과 글에 의해 이루어지죠. 말과 글은 의사소통의 수단이에요. 말은 음성언어이고, 글은 문자언어입니다. 그러니까 글은 문자로 자기 생각이나 느낌을 누군가에게 전달(표현)하는 겁니다. 이것이 글이 갖는 가장 중요하고 일반적인 특성이에요. 이렇게 표현된 글을 누군가(독자)가 읽고 그 내용을 이해합니다. 이것을 다음과 같이 간추려 표현할 수 있겠죠.

생각 느낌 —》 글 (표현) —》 독자 (이해와 공감)

지금 말한 내용은 누구나 알 수 있는 것입니다. 그런데 여기에 아주 중요한 것이 하나 숨어 있어요. 좋은 글이 가져야 할 특성에 대한 이야기인데, 좋은 글은 누군가가 그 글을 읽었을 때 내용을 이해하고, 느낌을 공유(감동)할 수 있어야 한다는 거죠. 이게 안 되면 좋은 글이라고 할 수 없어요. 글쓴이 혼자만 알 수 있는 글은 좋은 글이 아닙니다.

말은 여러 번 반복할 수 있어요. 상대방이 이해 못 하면 반복해서 설명할 수 있어요. 그러나 글은 그렇지 못합니다. 한번 써서 발표한 글은 내용을 고치기 어려워요. 독자가 이해 못 한다고 따라다니면서 설명해 줄 수도 없습니다.


자, 지금까지 내용을 간추리겠습니다. 글도 말과 같이 언어로 의사소통을 하기 위한 수단이다, 의사소통을 하려면 읽는 이가 이해하고 감동할 수 있어야 한다, 좋은 글은 읽는 사람이 내용을 이해하고 감동할 수 있는 글이다, 라는 것입니다.

우리가 서점에서 글쓰기 관련 책을 사 읽어 보면 거의 모든 책이 앞에서 말한 것들에 대해 설명해 놓았습니다. 다시 말해 글이란 무엇인가, 좋은 글을 쓰려면 어떻게 해야 하나, 어떻게 하면 글을 잘 쓸 수 있나 하는 것들에 대한 이야기를 저마다 자기 경험을 바탕으로 풀어 놓고 있는데, 우리가 앞으로 이 책에서 공부할 내용도 그 범주에서 크게 벗어나 있지 않습니다. 왜냐하면 글쓰기에 왕도는 없으며, 저마다 하는 이야기가 엇비슷하기 때문입니다.

다음에는 언어에 대해 살펴보겠습니다. 왜냐면 모든 글은 글(문자언어)로 되어 있으니까요.

# 2
# 언어에 대한 이해

오늘은 '습(習)' 자를 가지고 말문을 열겠습니다. 이 '습' 자가 무슨 뜻이죠? '익힐 습'입니다. 날것에 열을 가해 익히다, 어떤 기술을 몸에 익히다, 할 때의 '습' 자입니다. 이 한자를 한번 자세히 보시죠. 날개 우(羽)에 일백 백(白)입니다. 어린 새가 날기 위해서는 수백 수천 번 날갯짓을 연습해야 합니다. 그런 뜻에서의 '습' 자입니다.

공자의 언행을 기록한 『논어』라는 책 첫 문장에 이런 말이 있습니다.

"학이시습지(學而時習之)면 불역열호(不亦說乎)아."

배우고 때로 그것을 익히면 또한 기쁘지 아니한가! 이 말은 모르던 것을 배우고, 그것을 틈나는 대로 익혀서 내

것이 되게 하면 또한 기쁘지 않으냐, 하는 말입니다.

익히는 데에는 여러 방법이 있습니다. 펄펄 끓는 물에 푹 삶아 익히는 것도 있고, 은근짜한 불에 서서히 익히는 것도 있습니다. 그런데 '습(習)'이란 연기 같은 것을 쬐어 어떤 것에 배게 하여 익히는 것입니다. 연기로 익혀 만든 식품을 '훈제(燻製)' 식품이라고 하죠. 자기도 모르게 몸에 밴 행동을 '습관'이라고 합니다.

법구경이란 불경에 이런 말이 있습니다. 하루는 부처님이 비구남자 스님와 함께 길을 갑니다. 가다 보니 길가에 종이가 떨어져 있어 부처님이 묻습니다. "저 종이가 무슨 종이냐?" 비구가 종이를 주어 냄새를 맡아 보고, "향을 싼 종이 같습니다. 종이에서 향내가 납니다.", 이럽니다. 조금 더 가다 보니 이번에는 새끼 도막이 떨어져 있어 부처님이 또 묻습니다. 그러자 비구가 "생선을 묶었던 것 같습니다. 생선 비린내가 납니다."

향을 싼 종이에선 향내가 나고 생선을 묶은 새끼에서는 비린내가 난다. '습(習)'이란 바로 이와 같은 것입니다.

자기도 모르게 어떤 행동(습관)이 몸에 배어, 이제 그것을 하지 않으면 자신이 이상하게 여겨져, 안 할 수 없는 그런 상태를 나타내는 말이 바로 '습(習)'입니다.

글쓰기도 이와 같습니다. 좋은 글을 쓰는데 이렇다 할 정도는 없습니다. 꾸준히 쓰고 또 쓰고, 읽고 또 읽는 가운데 글쓰기의 내공이 깊어집니다.

저는 앞에서도 이 말을 강조했습니다. 그리고 앞으로도 시간 날 때마다 이 말을 강조할 겁니다. 글을 잘 쓸 수 있는 한 가지 확실한 방법은 꾸준히 거르지 말고, 쓰고 또 쓰고, 읽고 또 읽는 방법 외에 다른 길이 없습니다.

하루라도 글을 쓰지 않으면, 하루라도 책을 읽지 않으면, 내가 이상해진 것 같아, 글을 쓰는, 책을 읽는, 그런 습관이 몸에 배야 합니다. 글쓰기 실력은 하루아침에 늘지 않습니다. 꾸준히 시간을 정해 놓고 쓰고 읽으면서 평소 언어(낱말)에 대한 감각을 키우는 가운데 실력이 늡니다. 글쓰기 공부는 훈련입니다. 특별한 경우를 제외하고 좋은 글을 쓰는 일은 재주보다는 훈련에 달려 있습니다. 배우고(학, 學), 그것을 익히는(습, 習) 일을 게을리하지 않아야 합니다.

## 언어

모든 글은 문자로 되어 있습니다. 세상의 어떤 글도 문자로 되어 있지 않은 것은 없습니다. 그렇다면 여기서 한 가지, 문자(언어)란 무엇인가에 대해 생각해 볼 필요가 있습니다.

모든 언어는 사물을 가리키는 기능을 합니다. 이것을 '언어의 지시성'이라고 합니다.

이렇게 생긴 것을 우리는 '나무'라고 하죠. 를 나무라고 하는 데에는 사회 구성원 간의 합의에 의해 그렇게 합니다. 나는 나무라고 하지 않겠다, 구름이라고 하겠다, 라고 아무리 주장해도 받아들여지지 않습니다. 이미 수천 년 전부터 를 나무라고 하자고 암묵적으로 합의해 왔기 때문입니다. 이것을 '언어의 사회성'이라고 합니다. 한 가지만 더 얘기하죠. 그런데 이렇게 생긴 것을 우리나라에서는 '나무'라 하고, 미국이나 영국에서는 'tree'라 하고 중국에서는 木mù라 하고 일본에서는 木き라 하고, 민족마다 하는 말이 다 다릅니다.

이런 현상을 '언어의 자의성'이라고 합니다. 그러니까 어떤 언어든 언어에는 지시성, 사회성, 자의성이 있습니다.

인간의 생각이나 느낌은 언어를 통해 말이나 글이 됩니다. 그러니까 생각과 느낌이 먼저 있고 그 다음에 말이 있고, 그 다음 글이 있습니다. 이 말은 말과 글인 언어는 생각이나 느낌의 표현 수단이라는 것이죠. 그런데 여기서 생각해 봐야 할 것이 언어는 단순한 표현 수단만이 아니라, 인간은 언어를 통해 생각하고 또 느낀다는 것입니다. 생각한 바, 느낀 바, 생각은 무엇을 통해 생각되어지나, 느낌은 무엇을 통해 느껴지나, 바로 언어를 통해서입니다. 이 말은 곧 그 사람이 가지고 있는 언어의 폭이 그의 생각의 폭이자 느낌의 폭이라는 말입니다.

언어를 떠난 생각이나 느낌은 없습니다. 어? 그럼 다음과 같은 의문을 가질 수 있습니다. 느낌은 분명히 있는데, 말로 표현할 수 없는 느낌은 뭐지? 사랑하는 사람을 잃어 가슴이 너무 아파 말로 표현할 수 없을 때, 수술 후 말로 표현할 수 없는 통증이 밀려올 때, 그런 건 뭐지? 표현할 말은 없지만, 느낌은 분명히 있잖아?

맞습니다. 그런 느낌이 분명히 있습니다. 다만 표현되

지 못했을 뿐입니다. 여기서 제가 이야기하는 것도 바로 그것입니다. 다시 말해 언어로 표현되지 않은 것은 주관적으로는 있을지 몰라도, 사회적으로는 없다는 겁니다. 그래서 프랑스의 평론가 알랭은 "사물(언어)을 떠나 관념은 존재하지 않는다." 같은 말을 남겼습니다.

다음 시 한 편을 보도록 하죠.


## 유리창

정지용


유리(琉璃)에 차고 슬픈 것이 어른거린다.

열없이 붙어서서 입김을 흐리우니

길들은 양 언 날개를 파닥거린다.

지우고 보고 지우고 보아도

새까만 밤이 밀려 나가고 밀려와 부딪치고,

물먹은 별이, 반짝, 보석처럼 박힌다.

밤에 홀로 유리를 닦는 것은

외로운 황홀한 심사이어니,

고운 폐혈관이 찢어진 채로

아아, 너는 산새처럼 날아갔구나!

— 『정지용시집』(1935). 첫 발표는 『조선지광』(1930.1)

이 시 어때요? 어렵다고요? 그래요. 어려울 수 있어요. 하지만 제가 약간만 설명하면 금세 이해가 갈 거예요.

정지용은 1930년대 시인입니다. "넓은 벌 동쪽 끝으로 / 옛이야기 지줄대는 실개천이 휘돌아 나가고 / 얼룩백이 황소가 / 해설피 금빛 게으른 울음을 우는 곳 // 그곳이 차마 꿈엔들 잊힐리야." 많이 들어본 말이죠? 우리가 잘 아는 〈향수〉라는 노래인데, 이 노래의 노랫말을 쓴 분이죠.

위 시 「유리창」은 정지용이 젊어서 어린 아들을 폐결핵으로 잃고 났을 때, 그 아픔을 쓴 것입니다. 여러분 한 번 상상해 보세요. 사랑하는 아들이 몹쓸 병에 걸려 목숨을 잃었을 때 부모의 마음은 어땠을까요? 이른바 '말로 표현할 수 없이' 아프겠죠. 그 말로 표현할 수 없이 아픈 마음을, 죽어 다시는 볼 수 없는 아들에 대한 그리움을 언어를 가지고 시라는 형식으로 이렇게 표현했습니다.

이처럼 언어는 생각이나 느낌을 표현하는 단순한 수

단만이 아니라, 인간은 언어를 통해 사고하고 느낀다는
것입니다.

# 3
# 글의 구성 요소

한 편의 글은 글을 이루는 여러 요소들로 되어 있습니다. 이것을 글의 구성 요소라고 하는데 간단히 표현하면 다음과 같습니다. 우리가 글을 이야기할 때 많이 쓰는 개념이니 눈여겨 보시기 바랍니다.

음절 – 단어 – 어절 – 문장 – 문단 – 글

## 음절

일반적으로 글을 이루는 가장 작은 단위는 '음절(音節)'입니다. 음절이란 소리의 마디라는 말로, 쉽게 말해 글자

28

수를 말합니다.

[유리창], 3음절입니다.

[우리는 자유를 원한다.], 9음절입니다.

## 단어(낱말)

단어는 음절을 포함한 글의 단위입니다. 단어가 되기 위해서는 우선 '뜻(의미)'이 있어야 합니다. 사전을 보면 어떤 낱말의 뜻을 풀이해 놓았죠. 모두 하나의 단어입니다. 단어는 뜻이 있으면서 문장에서 홀로 쓰일 수 있어야 합니다. 위 문장에서 [우리], [자유], [원한다]는 모두 하나의 뜻을 갖는 단어입니다.

그런데 우리말에는 다른 나라 말에서 보기 어려운 독특한 점이 하나 있는데, 그것은 '조사'가 발달되어 있다는 것입니다. 앞의 예문에서 [는]이 조사인데, 조사는 뜻이 없이 앞말과 뒷말을 연결해 주는 역할을 합니다.

조사가 어떻게 쓰이느냐에 따라 문장의 의미가 달라지기도 합니다. [그녀는 얼굴도 예쁘다.]와 [그녀는 얼굴만 예쁘다.]에서 문장이 담고 있는 의미가 분명히 다릅니다. 조사가 어떻게 쓰였느냐에 따라 그렇습니다.

이런 독특한 역할로 인해 우리말에서는 조사를 하나의 단어로 인정합니다. 그러면서 앞말에 붙여 씁니다. 뜻은 없지만 하는 역할이 중요하기 때문에 하나의 단어로 인정하는 겁니다.

[우리는 자유를 원한다.], 음절은 9음절, 단어는 [는]과 [를] 까지 5단어입니다.

## 어절

어절은 띄어쓰기 단위입니다. 어절은 단어와 단어가 모여 이루어지며 문장을 구성하는 실질적인 단위입니다. 하나의 어절은 주어, 서술어, 목적어와 같은 하나의 문장 성분을 이룹니다. 예를 들어 봅시다.

[우리는 ∨ 자유를 ∨ 원한다.], 3어절입니다.

이 문장에서 [우리는]은 주어, [자유를]은 목적어, [원한다]는 서술어죠.

## 문장

문장은 하나의 생각이 들어 있는 글의 단위입니다. 글쓰기는 단어로 문장을 쓰는 일입니다. 글을 잘 쓴다는 말은 문장을 잘 쓴다는 말과 같습니다. 문장에 대해서는 뒤에서 다시 자세하게 다루니까 그때 가서 더 설명하기로 하고, 여기서는 우선 몇 가지 중요한 점만 이야기하겠습니다.

문장에는 좋은 문장, 나쁜 문장, 이상한 문장이 있습니다.

[하늘이 파랗다.]

좋은 문장입니다. 뜻이 분명하고, 어법에 맞으며, 군더더기가 없습니다.

[하늘이 파랗고 비행기가 날아가는데 어디선가 총소리가 들려 돌아보니 거기 총에 맞은 병사 한 명이 피를 흘리고 있었다.]

나쁜 문장입니다. 문장은 하나의 생각을 담고 짧을수록 좋습니다. 이 문장을,

[하늘이 파랬다. 비행기가 날아가고 있었다. 어디선가 총소리가 들려 돌아보았다. 총에 맞은 병사 한 명이 피를 흘리고 있었다.]

이렇게 짧게 나눠 쓰는 게 좋습니다.


[하늘이 파랗고 비행기가 날아가는데 어디선가 총소리가 들려 돌아볼까 하다, 친구와 함께 집에 왔다.]

이상한 문장입니다. 앞뒤로 연결된 문장과 문장 사이 의미 연결이 되지 않아 무슨 말인지 알 수 없습니다. 이상한 문장과 나쁜 문장은 다시 고쳐 써야 합니다.


그렇다면 어떤 문장이 좋은 문장일까요?


① 대체로 짧은 문장이 좋습니다. 한 문장에는 하나의

생각을 담는 것이 좋습니다(一文一思). 그래야 나타내고 자 하는 뜻이 분명하니까요.

②끌리는 문장이 좋은 문장입니다. 읽었을 때 표현이 좋거나 내용이 새롭거나 독자의 호기심을 자극하거나 하여, 흡인력 있게 끌어당기는 문장이 좋은 문장입니다.

③표현이 쉽고 자연스런 문장이 좋은 문장입니다. 쉬운 표현으로 깊이 있는 내용을 담고 있다면 더할 나위 없겠지요.

④어법(문법)에 맞아야 합니다. 문장에서 주어 – 서술어의 관계, 꾸밈말 사용, 적절한 조사 사용, 높임말 등이 어법에 맞아야 합니다. 멋을 부린다고 어법을 무시해서는 안 됩니다.

⑤맞춤법과 띄어쓰기가 정확해야 합니다.

[우리 아이도 엄마 젖을 먹고 자랐어요.]

이런 문장이 있다면 배꼽 잡고 웃을 일입니다. [젓]은 멸치액젓, 까나리액젓 할 때의 젓이니까요. 어떻게 써야 해요? [ㅈ] 받침을 써야 합니다.

[우리 아이도 엄마 젖을 먹고 자랐어요.] 이래야 올바른 문장이 됩니다.

⑥ 내용이 재밌고 표현이 참신해야 합니다. 우리는 글 잘 쓰는 사람에게 문장력이 좋다고 합니다. 문장력이란 표현력과 설득력을 말합니다. 드러내고자 하는 내용을 참신하게 표현할 수 있는 능력, 이것이 표현력입니다. 어휘가 풍부해야 표현력이 뛰어날 수 있습니다. 설득력이란 논리적으로 설득하는 것뿐만 아니라 정서적으로 설득하는 힘을 말합니다. 논리적 설득은 머리로 하는 것이지만 정서적 설득은 가슴으로 합니다. 논리적으로는 틀리지 않는데, 영 수긍하기 어려운 글이 있다면 정서적으로 맞지 않기 때문입니다.

## 문단

문단은 문장이 모여 이루어집니다. 문단은 생각의 덩어리입니다. 문단은 음절, 단어, 문장을 감싸 안는, 글을 이루는 요소 가운데 가장 큰 단위입니다.

한 편의 글은 몇 개의 생각이 이어지고 얽혀져서 써집니다. 예를 들어

[학교에 가서 공부하고 운동을 했다.]

라는 글을 쓴다면, ① 학교에 가기, ② 공부하기, ③ 운동하기, 이렇게 세 부분 내용이 이어지게 됩니다.

그런데 이 내용을 아무 생각 없이 무턱대고 이어만 놓으면 좋은 글이 될 수 없습니다. 하나의 내용을 마무리했다면 다음 내용으로 넘어간다는 표시로 줄을 바꿔 쓰는 게 바람직합니다. 그렇게 해야 읽는 독자도 글쓴이의 생각의 흐름을 파악하여 내용을 또렷이 이해하며 읽을 수 있습니다. 이처럼 문단이란 글을 쓰는데 필요한 내용(생각의 덩어리)을 구분하여 표시해 줍니다.

문단과 문단은 주제를 중심으로 통일성과 유기성 있게 엮어져야 합니다. 그래야 글에 일관성이 있습니다. 한 편의 글에서 앞뒤 문단이 각각 다른 내용을 담고 있다면 횡설수설하는 글자 덩어리가 될 뿐 좋은 글이 될 수 없습니다.

문단이 바뀔 때는 한 칸 들여쓰기를 합니다. 문단은 길이가 아니라 상황이나 행위의 종결을 기본으로 바뀝니다. 같은 길이의 문단이 반복되지 않도록 하는 게 글을 읽는 재미를 더해 줍니다. 문단이 바뀌는 기준은 다음과 같습니다.

①글의 내용이 바뀔 때

②인물 장소 시간이 바뀔 때

③특정 문장을 강조할 때

④인용 문장을 쓸 때

⑤여러 항목을 열거할 때

문단에는 중심문장과 뒷받침문장이 있습니다. 중심문장은 대개 하나이고 뒷받침문장은 경우에 따라 여러 개로 되어 있습니다. 중심문장은 당연히 글 전체 주제에 맞게 써야 하며, 뒷받침문장은 중심문장을 뒷받침해 주는 내용으로 써야 합니다. 중심문장과 뒷받침문장은 대개 대상–감상, 주장–근거, 설명–부연, 비교, 예시, 열거와 같은 관계로 되어 있습니다. 중심문장이 앞에 오는 경우 '두괄식' 구성이라 하고, 뒤에 오면 '미괄식' 구성이라고 하는데, 신문 기사 같은 경우 두괄식 구성으로 이루어진 것이 많습니다.

주장을 담고 있는 논술문을 쓸 때에는 중심문장과 뒷

받침문장이 주장 – 근거의 구조를 갖도록 하여 문단과 문단을 최대한 일관성 있게 이어가는 것이 좋습니다. 그러나 문학 작품은 개인의 감성을 자유롭게 펼치는 데 치중하므로, 이러한 구조에서 비교적 자유롭게 쓸 수 있습니다.

지금까지 말한 내용을 실제 글을 통해 확인해 보겠습니다.

<u>군에도 초고속 통신망을 설치하는 등 정보 인프라를 구축하고 있어 화제다.</u> 인터넷, 이제 병영에까지 파급되어 21세기를 열어 가고 있는 것이다. 경기도 연천군 ㅇㅇ지역에 있는 육군 ××부대가 인터넷 전용망(ADSL)을 갖추고 본격적인 군의 인터넷 시대를 선도하고 있다.

위 글은 하나의 문단으로 되어 있습니다. 문단이 시작되는 처음 부분에 한 칸 들여쓰기를 했습니다. 중심문장은 밑줄 친 맨 첫 문장입니다.

산림이 우거지면서 야생 조수(鳥獸)가 크게 늘고 있다. 멧돼지, 고라니 등 일부 동물은 이미 적정 서식밀도를 초과해 포획이 필요할 정도까지 됐다. 산림청은 환경부와 함께 지난해 전국 4백 5개 지역 1만 2천ha의 산림 등에서 조사한 야생조수 개체수를 근거로 조수별 서식밀도를 산출해 5일 공개했다.

위 글도 하나의 문단으로 되어 있습니다. 중심문장도 맨 첫문장입니다.

### 여우와 뱀

여우 한 마리가 나무 밑을 지나다가 잠들어 있는 뱀을 보았다.

"이 뱀은 몸이 아주 길구나. 내 몸도 뱀처럼 길면 얼마나 좋을까? 그러면 높은 곳에도 쉽게 올라갈 수 있을 텐데."

여우는 뱀의 긴 몸이 부러웠다. 그래서 여우는 뱀 옆에 나란히 누워서 자신의 몸을 길게 늘여 보기로 했다.

"어, 내 몸도 조금씩 길어지는 것 같은데?"

신이 난 여우는 더욱 힘을 주면서 몸을 길게 늘였다. 하지만, 어느 정도 늘어난 몸은 더 이상 늘어나지 않았다.

"좋아, 있는 힘을 다해 늘여 보는 거야."

여우는 숨을 크게 쉬고, 몸을 최대한 길게 늘이기 위해 있는 힘을 다 주었다. 그런데 갑자기 "뚝" 하는 소리가 들렸다. 그만 여우의 허리가 부러지고 만 것이다.

― 「이솝우화」

위 글은 모두 7개의 문단으로 되어 있습니다. 어느 때 문단을 나누었는지 눈여겨보시기 바랍니다. 이 글은 주제가 맨 끝 문장에 있습니다. 미괄식 구성입니다.

다음 글을 봅시다.

대기업 62%인 중소기업 임금, 격차 줄여야 청년실업 준다

(2016-03-02, 동아일보 사설)

① 지난해 중소기업의 평균 임금이 대기업의 62%로 관련 통계를 작성하기 시작한 2008년 이후 가장 큰 폭으로 벌어졌다. 통계청과 고용노동부에 따르면 2015년 대기업 임금은 월평균 501만6705원으로 전년보다 3.9% 올랐지만 중소기업은 311만283원으로 3.4% 상승에 그쳤다. 1997년 외환위기 이전만 해도 대기업의 80% 수준이었던 중소기업의 임금 격차가 2009년 65%, 2011년 62.6%로 점점 벌어지는 추세다.

② 경기 불황이 장기화하면서 중소기업의 경영난이 심해진 것이 큰 이유다. 중소기업들은 대기업의 납품단가 후려치기 등 불공정 거래로 인한 압박을 많이 지적하지만 중소기업의 노동생산성과 경쟁력이 대기업보다 낮아 임금 상승 여력이 크지 않은 점도 원인으로 지적된다. 한국경영자총협회는 2014년 한국 대기업 정규직 대졸 신입사원 초임 연봉이 3만7756달러(약 3976만 원)로 일본보다 39% 많다는 보고서를 냈다. 일본 1인당 국내총생산(GDP)이 한국의 1.29배인 데 비하면 대기업 임금 수준이 너무 높은 것

도 사실이다.

③ 임금 격차가 크다 보니 사회적 갈등은 대기업 취업난에 중소기업 구인난, 학력 인플레 유발 등 심각한 부작용이 적지 않다. 청년층이 중소기업 취업을 기피하는 주된 이유도 낮은 임금 수준 때문이다. 중소기업에 들어갈 바에야 대기업이나 금융회사, 공무원이나 공기업 취업 준비를 하겠다는 취준생(취업준비생)이 늘면서 청년실업률은 9.5%로 치솟았다. 고실업과 중소기업 구인난의 고용시장 미스매치(부조화)를 줄이기 위해서도 대기업과 중소기업의 임금 격차 축소는 시급한 과제다.

④ 일본의 중소기업 중에는 세계시장에서 통하는 기술 경쟁력으로 임금 수준이 대기업 못지않은 '작지만 강한 기업'이 적지 않다. 중소기업 경쟁력 강화를 통한 임금 상승과 병행해 직무·성과 중심의 임금 개편도 필요하다. 경총은 대졸 정규직 초임 3600만 원 이상(고정급)인 기업은 초임을 조정해 그만큼 신규 채용을 확대하고 임금 격차도 줄이자고 제안한 바 있다. 대기업 정규직 귀족노조의 과도한

**41**

기득권을 타파하는 노동개혁으로 고용시장의 유연성을 높여야 임금 격차를 줄일 수 있을 것이다.

　　모두 4개의 문단으로 되어 있습니다. 주장하는 글에 속하죠. 첫 문단에서는 중소기업과 대기업의 임금격차를 통계수치를 들어 문제제기하고 있습니다. 문단 ②에서는 문단 ①에 이어 중소기업 평균임금이 오르지 않는 이유를 말하고 있습니다. 문단 ③은 임금 격차로 인해 빚어지는 사회적 갈등에 대해, 문단 ④에서는 일본의 예를 들면서 '임금 격차를 줄일 수 있는 방안'인 이 글의 주제를 드러내고 있습니다. 그러니까 이 글은 근거 – 이유 – 현상 – 문제해결(주제)의 흐름으로 되어 있습니다.

# 4
# 글의 주제와 소재, 제재

앞 장에서 말한 글의 구성도 잘 알아 둘 필요가 있지만, 지금 공부할 내용도 잘 알아 두어야 합니다. 특히 글에서 주제와 소재는 중요하니까요.

## 주제

주제란 글쓴이가 글에서 나타내고자 하는 중심 생각(주장, 의견, 감정, 판단 등)입니다. 주제가 분명하지 않으면 좋은 글이 될 수 없습니다. 왜냐면 글 내용이 산만해져 읽는 이가 의미를 파악하기 힘들기 때문이죠. 글에서 주제는 글 내용을 하나로 모아 주는 구실을 합니다.

글의 요지를 더욱 압축하여 하나의 문장으로 나타낸 것을 '주제문'이라 합니다. 주제문을 쓸 때는 주어-서술어가 갖춰진 완결된 문장으로 써야 하며, 내용이 분명하고 범위가 한정되어 있어야 합니다. 그리고 의문문이나 부정문으로 쓰지 않는 게 좋습니다.

---

어머니의 손에는 사랑이 담겨 있다. (○)

어머니의 사랑 (×)


고난은 인간을 위대하게 만든다. (○)

위대한 인간이 되자. (×)


한국 문학의 특성은 은근과 끈기이다. (○)

한국 문학의 특성은 무엇인가? (×)


정신적 만족을 통해 참된 행복을 찾자. (○)

물질적 쾌락이 행복은 아니다. (×)

---

## 좋은 주제 정하기

주제를 정할 때는 가능한 범위를 좁혀 구체적으로 정합니다. 그래야만 구체적인 생각이나 의견을 가지고 글을 쓸 수 있습니다. 자신이 잘 알고 있는 사실을 주제로 정합니다. 자기도 잘 모르는 주제로 글을 쓴다면 엉터리 글이 될 게 뻔합니다. 또 자신이 의도한 내용을 충분히 전달할 수 있어야 하며, 보편성을 띠고, 많은 사람들에게 인정받을 수 있는 주제, 그리고 글의 목적에 맞으면서 참신한 주제가 좋습니다.

좋은 주제를 정하기 위해서는 평소 주위 사물이나 사건을 새로운 눈으로 살피고, 그렇게 해서 떠오르는 생각들을 자유롭게 펼쳐 봅니다. 그리고 사물이나 사건에 담긴 의미를 깊이 생각하거나 비판해 봅니다. 고정관념에서 벗어나 자기만의 '눈'으로 사물과 사건을 바라보아야 합니다.

브레인스토밍도 창의적인 주제 찾기에 좋은 방법입니다. 예컨대 '나무'라는 단어에서 글의 주제를 찾는다면,

[나무] – [나무를 아끼고 사랑하자.]

    – [나무처럼 곧고 바르게 살자.]

    – [나무는 사람에게 많은 혜택을 준다.]

    – [나무를 아껴, 환경을 보호하자.]

    – [나무를 심는 일은 환경을 보호하는 일이다.]

    – [나는 나무를 통해 하늘과 교감할 수 있다.]

이런 식으로 말입니다.

한 편의 글을 쓸 때는 먼저 주제를 정합니다. 그 다음에는 주제에 맞는 소재(재료)를 찾습니다. 흔히 글쓰기의 순서로,

---

주제 정하기 – 소재(글감, 재료) 찾기 – 구성하기

(차례짜기) – 표현하기 – 글 고치기

---

를 말하는데, 여기서 주제 정하기와 소재 찾기는 그 순서가 꼭 정해진 것은 아닙니다. 소재를 찾다 보면 주제가 정해지는 경우도 있습니다. 그리고 주제를 정하고 소재를 찾았는데도 글이 안 써지는 경우도 있습니다. 한 편의 글을 쓰기 위해서는 '창작의 모티브'가 중요합니다. 어

떻게 쓸까 고민하다 보면 어느 순간 머릿속에 탁 하고 한 점 불꽃같은 창작 아이디어가 떠오르는데, 그것이 바로 모티브입니다.

## 소재와 제재

소재는 흔히 '글감'이라고 합니다. 글을 쓰는 데 사용되는 재료입니다. '−감'이 무슨 뜻일까요? 글감과 비슷한 낱말에 뭐가 있지요? '옷감'이 있지요? 그래요, 옷감은 옷을 만드는 재료입니다.

주제는 객관적인 사실이나 사물을 통해 표현됩니다. 예들 들어 [어머니의 사랑]이라는 주제는 [고목껍질 같은 어머니의 손]이라는 구체적인 사물을 통해 표현됩니다. 어머니의 손은 손인데, 그냥 손이 아니라 '고목껍질 같은' 이라는 비유를 써서 표현했습니다. 그렇게 함으로써 우리는 우리 몸의 실제 감각을 통해, 젊어서 자식을 위해 고생을 많이 하신 어머니를 떠올릴 수 있습니다.

소재는 주제를 효과적으로 드러내 주어야 합니다. 그

런 소재가 좋은 소재죠. 좋은 소재는 풍부하고 다양해야 하며, 독창적이고 구체적이어야 합니다. 자기 능력으로 소화할 수 있고, 근거가 확실하며, 거짓이 없어야 합니다. 그리고 무엇보다 독자의 관심과 흥미를 끌 수 있어야 합니다.

좋은 소재를 구하기 위해 평소 메모하는 습관을 갖는 게 중요합니다. 독서를 하면서, 여행하면서, 신문이나 TV를 보면서, 그때그때마다 떠오르는 좋은 생각을 놓치지 말고 메모해 두면 나중에 글을 쓰는 데 많은 도움이 됩니다.


제재(題材)는 소재 가운데 으뜸이 되는 소재입니다. 한 편의 글에는 여러 개의 소재가 사용되는데 그 가운데 으뜸이 되는 소재가 제재입니다. 그러니까 글에서 소재는 여러 개지만 제재는 하나죠. 제재는 글의 제목으로 나타나는 경우가 많습니다.

주제와 소재는 서로 긴밀하게 연결되어야 합니다. 그래야 글의 통일성이 살아납니다. 주제에 어긋나는, 어울리지 않는 소재는 사용하지 말아야 합니다. 한 편의 글을 쓸 때 초보자들이 범하기 쉬운 두 가지 경우가 있습니다. 하나는 주제가 분명하지 않은 채 소재만 이것저것 나열하는 일과, 또 하나는 성급하게 주제를 드러내 글의 맛을 없애버리는 일입니다.

글을 쓸 때는 주관적 주장을 너무 겉으로 드러나지 않게 하는 게 좋습니다. 글을 다 쓰고 나서 주제에 어긋나는 문장이나 소재(예화 등)가 없는지 점검해야 합니다. 조급하게 주제를 설명해서 드러내려 하지 말고 글 속에 자연스럽게 드러나게 합니다.

# 5
# 글의 종류

우리가 글의 종류를 공부하는 것은 그것을 달달 외워 시험에 써먹으려는 게 아닙니다. 각각의 글이 갖는 특성을 이해하기 위해섭니다. 글의 특성을 잘 이해해야 그 특성에 맞게 글을 쓸 수 있고, 글을 이해할 수 있습니다.

글에는 어떤 것들이 있나요? 생각나는 대로 말해 보세요. 시, 소설, 수필, 희곡, 평론, 설명문, 논설문, 안내문, 광고문, 리포트, 신문기사, 학술논문, 보고서 등?

좋아요. 글은 우선 운문과 산문으로 크게 나뉩니다. 운문은 읽을 때 '운율'을 느낄 수 있는 글입니다. '운율' 할 때 '운(韻)'이 리듬, 말의 가락을 뜻합니다. 글 가운데 운율을 느낄 수 있는 게 뭐가 있나요? 시와 시조가 있습니다. 다른 글은 운율을 느낄 수 없어요. 운율을 느낄 수 없는 글은 산문입니다. 그러니까 시와 시조를 제외한 나머지 글은 모두 산문이죠.

또 글을 문학작품과 비문학작품으로도 나눌 수 있습니다. 문학작품에는 시, 소설, 수필, 희곡, 평론이 있습니다. 그 나머지는 모두 비문학작품입니다. 문학작품은 인간의 감성에 호소합니다. 비문학작품은 이성(판단)에 호소하죠.

그럼 각각의 글이 갖는 특성에 대해 간단히 핵심적인 것만 살펴볼까요?

먼저 시. 시는 운문입니다. 시에는 운율이 녹아 있죠. 시는 압축을 생명으로 합니다. 행과 연으로 되어 있고, 시에 쓰인 말을 '시어'라고 하는데, 시어에는 여러 의미가 녹아 있어 함축적입니다. 시 속에서 말하는 이를 '화자(話者)'라고 하는데, 시를 읽을 때 먼저 화자를 파악하면 시를 이해하는 데 많은 도움을 받을 수 있습니다.

소설과 수필은 산문이죠. 소설은 작가가 꾸며 낸 이야기라는 점에서 사실이 아닌 '허구(虛構)'입니다. 그러나 수필은 사실을 바탕으로 씁니다. 이야기의 주인공이 대부분 '나'이죠.

회곡은 연극 대본을 말합니다. 요즘엔 영화 대본인 시나리오도 있어요. 둘 다 소설 같이 허구라는 점에서 같지만, 소설이 대화와 서술을 바탕으로 사건이 전개되지만, 회곡이나 시나리오는 대화를 중심으로 한다는 점에서 다릅니다.

평론은 다른 사람의 글을 비평하는 것입니다. 역시 산문이죠.

비문학작품으로 가 볼까요?

먼저 설명문입니다. 설명문은 어떤 사실이나 정보를 전달하기 위해 쓴 글입니다. 설명문을 쓰는 목적은 글의 내용을 독자가 이해하는 데 있습니다. 그러기 위해 정의, 분류, 예시, 분석과 같은 여러 가지 표현 방법이 동원됩니다.

논설문은 주장하는 글입니다. 어떤 내용을 주장하여 상대방을 설득하는 데 목적이 있습니다. 주장—설득이 논설문의 핵심이죠. 그런데 여기서 한 가지 중요한 게 있습니다. 주장은 반드시 합리적인 근거(논거)를 바탕으로 이루어져야 합니다. 근거 없는 주장은 억지죠. 근거가 구체적이고 정확하고 합리적일 때 상대방을 설득할 수 있습니다.

[나는 추리소설보다 역사소설이 더 좋아.] 혹은 반대로
[나는 역사소설보다 추리소설이 더 좋아.] 이런 주장은 개인의 취향이나 감상 문제지 논설문의 주장은 될 수 없습니다.

글의 종류에 따라 글쓰기 책을 쓴다면 아마 한 가지 분야에 책 한 권 이상은 써야 할 겁니다. 예를 들어 '시'에 대해 쓴다면 시에 대한 이론, 시 작법 등, 소설에 대해 쓴다면 '소설작법' 같은 책 말입니다. 그러나 지금 우리는 '일반적인 글쓰기'에 대해 공부하기 때문에 그 같은 공부는 각자의 몫으로 남겨 둡니다.

# 6
# 좋은 글을 쓰려면

앞에서 누차 말했듯이 글쓰기에 왕도는 없습니다. 맨 첫 시간에 말한 대로 '매일 쉬지 않고 조금씩' 읽고 쓰는 게 좋습니다. 그러나 글쓰기도 특별한 경우가 아닌 이상 훈련에 의해 좋은 글을 쓸 수 있기 때문에 아주 방법이 없는 것은 아닙니다. 그리고 그것에 대해 말하고자 하는 것이 이 장의 주된 내용입니다.

그럼 이제부터 좋은 글을 쓰기 위한 방법으로 두 가지를 말하겠습니다.

## 삼다(三多)

책마다 글을 잘 쓰기 위한 방법으로 여러 가지가 제시

됩니다. 다 의미 있고 좋은 방법입니다. 그러나 제가 그 동안 글을 쓰면서 경험하고 느낀 바에 의하면 글을 잘 쓰기 위한 일로 '삼다'만한 것이 없습니다. 삼다는 세 가지를 많이 하라는 뜻입니다.

三多 – 다독(多讀) : 많이 읽어라.
　　 – 다작(多作) : 많이 써라.
　　 – 다사량(多思量) : 많이 고쳐라.

먼저 '다독'입니다. 많이 읽어라. 물론 많이 읽습니다. 글을 잘 쓰려는 사람이 책을 많이 읽지 않는 경우는 없습니다. 그런데 중요한 것은 어떻게 읽느냐입니다. 다독이란 무턱대고 책을 많이 읽어치우는 것이 아닙니다. 읽되, 독서기록장을 만들어 거기에 읽은 내용을 기록하면서 읽어야 합니다. 그러지 않으면 읽은 내용이 '자기 것'이 되지 않습니다. 읽을 때는 알겠는데, 읽고 나서 뒤 달 지나면 읽었는지조차 모르게 됩니다. 책을 읽을 때, 새롭게 접한 단어, 표현, 내용, 의문점 등을 표시해 놓았다가, 읽고 난 후 기록장에 기록해야 합니다. 그리고 그렇게 기록한 것을 시간 날 때 녹음하여, 갖고 다니면서 외워야 합니다. 그렇게 읽은 내용을 자기 것으로 만들어야 어휘력도 늘고 표현도 풍부하게 할 수 있습니다.

'다작'은 매일 조금씩 꾸준히 쓰는 게 중요합니다. '일일부독서 구중생형극(一日不讀書 口中生荊棘)'이라는 말이 있습니다. 안중근 의사가 남긴 유명한 말인데요. '하루라도 책을 읽지 않으면 입안에 가시가 돋는다.'는 말입니다. 이는 책을 부지런히 읽으라는 독서에 해당하는 말이지만 글쓰기에도 유효합니다. 이 말을 이렇게 바꿔 보면 어떨까요?

[일일부작 지중생형극(一日不作 指中生荊棘)]
하루라도 글을 쓰지 않으면 손가락에 가시가 돋는다.

매일 조금씩, 많이 쓸수록 글을 잘 쓰게 되어 있습니다. 쓸 게 없으면 읽은 책의 내용이라도 독서기록장에 워드로 쳐 넣으세요. 하루도 거르지 말고, 거르면 다음날 책상에 앉아 글을 쓰려고 할 때 어색해집니다. 그럼 이렇게 물을 수 있습니다. 그럴 시간이 도저히 안 난다고요. 낮에는 직장에 나가 일하고 밤에 와서 언제 글을 쓰느냐고. 맞는 말입니다. 그래도 시간을 쪼개 써야 합니다. 저 같은 경우 학교에 근무할 때 글 쓸 시간이 없어서 새벽 두 시에 일어나 썼습니다. 그 시간이 아니면 도저히 글을 쓸 엄두가 나지 않았어요. 출퇴근 거리가 멀어 새벽에 나가 퇴근하고 집에 오면 파김치가 되어 쓰러졌어요. 그래서 생각다 못해 새벽에 일어나 글을 쓰기 시작했죠. 글 쓰는 일로 하루 일과를 시작했어요. 그렇게 하길 20년. 지금은 아예 그 일이 몸에 배어 그 시간에 일어나지 않으면 오히려 이상합니다.

'다사량'이라는 말을 저는 '많이 고쳐라'로 풀었습니다. 원래는 '생각을 많이 해라'라는 뜻인데, 실제로 글을 쓰는 데 중요한 것은 글을 쓰고 난 후 고치는 일입니다. 글 고치기는 너무 중요한 일이라 결코 생략할 수 없습니다. 우리는 흔히 글은 열심히 쓰는데 고치려고 하지 않습니다. 한 번 쓰고 나선 그걸로 끝입니다. 쓴 글을 다시 읽어 보고, 수정하고, 다른 이에게 보여 줘 의견을 묻고, 첨삭하지 않습니다.

그러나 글 고치기는 아무리 강조해도 지나치지 않습니

57

다. 그래서인지 글 고치기와 관련한 예화도 정말 많습니다. 누구는 무슨 글을 몇 번이나 고쳐 썼다느니 하는 것 말입니다. 사실 저도 지금까지 한 가지 원칙으로 지켜오는 것이 있는데, 글을 쓰고 난 후 3년이 지나지 않으면 그 글을 발표하지 않는다는 것입니다. 청탁을 받아 쓰는 매수가 짧은 글은 그렇게 하지 않지만, 한 권 이상 분량의 원고는 최소 3년 이상 묵히면서 고치기를 반복하여, 이상이 없다 싶을 때 책으로 출간합니다.

　글 고치는 일을 '퇴고'라고 하는데, 이에 대해서는 이 책 뒤에서 한 장을 할애하여 다시 다룹니다. 그만큼 중요하기 때문이죠. 그 때 가서 자세히 이야기하기로 하고, 아무튼 좋은 글을 쓰고자 한다면 이 세 가지, 다독 다작 다사량을 많이 하십시오.


## 글을 잘 쓰기 위한 핵심 요건

　앞서 말한 내용과 중복되는 것도 있지만, 제 경험에 비추어 핵심 요건 몇 가지를 말씀드리겠습니다.

1) 많이 읽어라. 읽을 때 그냥 읽지 말고 눈에 띄는 낱말, 좋은 표현은 체크했다 독서기록장에 옮겨라. 그런 후 그것을 자기 것으로 만들어라.

2) 메모하라. 메모는 스쳐지나가는 생각을 붙잡아주고, 글감을 찾는데 도움을 준다. 생각은 휘발성이 강해서 붙잡아두지 않으면 날아가 버린다. 글을 잘 쓰는 사람의 공통된 비결은 메모한다는 것이다.

3) 구성하라. 쓰기 전 쓸 내용을 미리 생각하여 '개요표'를 짜라. 이렇게 하면 글의 중심이 흩어지지 않고, 일관성, 통일성을 갖게 된다. 또 이 때 그 글에 쓸 참신한 표현(단어든 표현법이든) 하나 이상을 미리 준비하라.

4) 집중해서 써라. 매일 시간을 정해놓고 써라. 한번 시작한 글은 끝을 맺고, 쓰다가 막히면 끝까지 물고 늘어져라.

5) 글에 구체적인 경험이나 실례를 넣어라. 독자는 구체적 내용(에피소드)을 좋아한다. 쉬운 표현으로 깊은 내용을 다루면 더 좋은 글이 된다.

6) 글의 생명은 '새로움'이다. 자기만의 참신한 표현을 넣어라. 한 편의 글에서 단어, 표현, 내용 중 어느 것 하나

라도 참신해야 한다.

7) 좋은 글을 읽으면 분석해 보라. "글 참 좋다."하고 넘기지 말고, 그 글을 꼼꼼히, 내가 쓴다면 어떻게 썼을까, 생각하며 분석하는 습관을 가져라.

8) 쓴 글은 반드시 고쳐라. 글은 고치면서 완성된다. 글 고치기는 아무리 강조해도 지나치지 않다. 소리 내어 읽어보고, 시간을 두고 고치고, 다른 사람에게 보여 준 후 의견을 들어 고쳐라.

# 7
# 글이 안 써질 때
# 어떻게 하죠?

좋은 글을 쓰기 위해서는 자신의 약점을 알아야 합니다. 그리고 그 약점을 고쳐야 더 좋은 글을 쓸 수 있습니다. 아래 내용은 글공부를 하려는 사람들에게 유용할 것 같아서 『글쓰기의 전략』(정희모, 이재성 지음, 들녘 39쪽)이라는 책 내용에 제가 그동안 한 경험을 바탕으로 해결책을 모색해 본 것입니다.

다음 문항을 보면서 자신의 문제점이 무엇인지 알아보세요. 그런 다음 그것을 고치기 위한 계획을 세우고 집중적으로 고쳐 보세요.

1) 글을 시작하기 어렵다. (     )

글을 시작하기 어려우면 너무 조바심내지 말고 기다리는 것도 좋습니다. 단 기다리되 늘 쓸 글에 대한 '주의력'

을 기울이면서 기다려야 합니다. 평소 기록한 독서기록장을 들춰보는 것도 좋고, 쓰고자 하는 글과 관련된 책을 들추면서, 혹은 산책을 하거나, 영화를 보면서 기다리다 보면, 어느 순간, 아 이렇게 쓰면 되겠구나, 혹은 이런 문장으로 시작하면 되겠구나, 하는 생각이 스쳐 지나갑니다. 그것을 잡아 시작해 보세요.

2) 글을 쓰기 전 사전 준비(주제 정하기, 소재 구하기, 구성하기)를 하지 않고 바로 시작한다. (          )

이런 사람은 글쓰기의 천재나 다름없습니다. 그러나 그런 사람은 많지 않습니다. 아니 없습니다. 이 세상에 누구도 글을 쓰려는데 위와 같은 과정을 거치지 않고 바로 쓰는 사람은 없습니다. 글을 잘 쓰고 싶다면 쓰기 전에 반드시 쓸 주제를 정하고, 그에 필요한 소재(자료)를 구한 다음, 쓸 내용의 얼개를 짠 후(구성) 글을 쓰세요.

3) 무엇에 대해 써야 할지 막막할 때가 많다. (          )

글을 쓰게 되는 동기는 여러 가지입니다. 외부 청탁에 의해 쓰는 경우도 있고, 자기 스스로 쓰고 싶어서 쓰는 경우도 있습니다. 외부 청탁인 경우에는 대개 주제가 정해져 옵니다. 그러니까 그에 맞게 쓰면 됩니다. 그러나 스스로 무엇인가를 쓰고자 한다면 막막할 수 있습니다. 이럴 때 한 가지 방법을 권합니다. 일기를 쓰되, 제목을 정하고 써 보세요. 보통 일기를 쓸 때 사람들은 제목을 쓰지 않습니다. 제목을 정하고 일기를 쓴다면 위 문제를 해결하는데 많은 도움을 받을 수 있습니다.

4) 몇 줄 쓰고 나면 할 말이 없어진다. (      )

글을 쓰기 전에 충분한 사전 준비가 필요합니다. 사전 준비가 부족하면 이런 일이 일어납니다. 그래서 우선 한 가지 권하는 방법이 있습니다. 글을 쓸 때 자신이 가장 잘 아는 일에 대해 쓰세요. 할 말이 많아 넘치는 것에 대해 쓰세요. 그게 아니라면 사전 준비를 철저히 해야 합니다. 자료와 소재를 풍부히 찾고, 이야기 얼개를 치밀하게 짠 후 쓸 때 '자세하게' 쓰세요. 재미있는 에피소드나 인용 구절을 미리 준비하는 것도 도움이 됩니다.

5) 생각이 문장으로 표현되지 않는다. (      )

어휘력이 부족한 경우 이런 일이 일어납니다. 평소 어휘력을 풍부히 하도록 의식적으로 노력해야 합니다.

모든 글은 문장으로 되어 있습니다. 글을 쓴다는 것은 문장을 쓰는 일입니다. 그런데 문장은 단어(낱말)로 되어 있습니다. 이 말은 글을 쓴다는 것은 결국 단어로 문장을 쓴다는 것입니다.

좋은 글을 쓰기 위해서는 단어를 잘 다루어야 합니다. 책을 읽거나 글을 쓸 때 이런 경우가 종종 있습니다. "아, 머릿속에 좋은 생각이 떠올랐는데, 어떻게 표현할 수 없다." 이 말은 곧 표현할 낱말을 찾지 못했다는 말과 같은 것입니다.

또 이런 경우도 있죠. 어떤 사람의 책을 읽는데 기가 막힌 표현을 보고, "어쩜 이 사람은 그걸 이렇게 표현할 수 있을까?" 이 말은 그 책을 쓴 저자는 그렇게 표현할 수 있는 낱말을 알고 있다는 것입니다.

단어를 많이 알고, 그것을 바탕으로 자유자재로 표현하는 것을 '어휘력'이라고 합니다. 어휘력이 풍부하다는 것은 자기가 표현하고 싶은 바를 적절한 단어로 표현할 수 있다는 것입니다. 그러니 어휘력이 풍부한 사람이 글을 잘 쓰는 것은 당연한 일이겠죠? 지식이 풍부하다고, 사상이 깊다고 글을 잘 쓰는 것이 아닙니다. 그렇다면야 우리말 달인이 최고로 글을 잘 쓰게요? 어휘력이란 낱말의 뜻은 물론 그 낱말이 갖고 있는 어감(뉘앙스), 앞뒤 서로 감칠맛 있게 어울리는 말의 선택 등을 모두 아우르는 말입니다. 다시 말하지만 글은 단어로 쓰며, 단어를 잘 다루어야 글을 잘 쓸 수 있습니다.

그렇다면 어떻게 어휘력을 기를까요? 한두 가지 예를 들겠습니다. 축구선수들에게 가장 중요한 것은 뭐지요? 바로 공을 자기 마음대로 다루는 일입니다. 그렇게 하기 위해 그들은 하루 24시간 대부분을 공과 같이 삽니다. 가능한 공과 몸이 떨어져 있지 않죠. 권투선수도 마찬가지입니다. 권투선수들은 왼쪽 눈을 맞아도 오른쪽 눈을 뜨는 훈련을 합니다. 다음에 들어올 주먹을 피하기 위해서죠.

글 쓰는 사람도 마찬가지 훈련(학습)이 필요합니다. 평소 좋은 단어를 많이 접해야 하고, 좋은 표현을 많이 익혀야 합니다. 그러면서 단어에 대한 감각을 길러야 합니다.

6) 첫머리, 끝부분을 쓰기 어렵다. (　　　)

글의 첫머리는 그 글의 품격을 나타내 주는 동시에 독자의 관심을 끌어당기는 역할을 합니다. 그래서 첫 문장, 첫 문단, 혹은 첫 페이지가 중요하다고 하고 그만큼 쓰기가 어렵죠. 처음 시작한 글이 마음에 안 들어 다시 지우고 쓰기를 반복하는 일이 많습니다. 첫머리가 잘 풀리면 그에 이어 한 편의 글이 써지는데 그게 어렵습니다. 많이 써 보는 수밖에 없습니다.

끝부분도 마찬가지입니다. 앞의 내용을 요약 정리하면서 여운을 크게 남기는 것이 좋다고 합니다만, 그게 쉬운 일이 아닙니다. 평소 좋은 글을 많이 읽으며, 끝을 어떻게 맺었는지 분석하고 공부해야 합니다.

7) 글을 너무 빨리 쉽게 쓴다. (　　　)

빨리 쉽게 쓴다? 좋은 일 아닌가요? 그런데 그렇게 쓴 글이 좋지 않다는 말이군요. 그렇다면 문제가 되지요. ① 건성건성으로 쓰거나 ② 글 쓰는 훈련이 덜 되었거나 ③ 사전 준비가 부족하거나 할 때 그러한데, 그 원인을 찾아 고쳐야 합니다. ①의 경우 평소 생각을 치밀하게 하는 습관을 가져야 합니다. 문제의식을 갖도록 해야 합니다. ②의 경우 우선 '자세히 쓰는' 훈련을 해야 합니다. 아침에 일어나 직장에 출근한 일을 말 그대로 [아침에 일어나 직장에 출근했다.]라고 쓴다면 더 이상 할 말이 없습니다. 그러나 출근하면서 본 것, 들은 것, 느낀 것 등을 자세히 쓴다면 보다 진지하고 완성도 높은 글을 쓸 수 있습니다.

8) 집중할 수 없다. (          )

매일 조금씩 시간을 정해놓고 써 보세요. 한 번에 많이 쓰려고 하지 말고 꾸준히 그 시간이 되면 컴퓨터 앞에 앉아 무언가를 쓰세요. 그런 습관을 들이세요.

9) 쓰고 보면 틀린 문장과 오자 탈자가 많다. (          )

좋은 글은 좋은 문장으로 되어 있고, 좋은 문장은 좋은 단어로 되어 있습니다. 어법에 맞지 않는 문장, 자기 맘대로 마구 써 갈긴 문장, 폼 나게 하려고 멋을 부린 문장은 좋은 문장이 아닙니다. 우리말의 쓰임, 어법, 맞춤법, 띄어쓰기 등에 대해 평소 관심을 갖고 공부해야 합니다.

그래야 의미가 분명한 문장, 맛깔스런 문장, 단단한 문장을 쓸 수 있습니다.


10) 쓰고 나서 퇴고하지 않는다. (        )

이런 사람과는 말하지 않는 게 좋습니다. 말이 되지 않는 말을 하니까요. 퇴고는 반드시 해야 하며, 많이 할수록 좋습니다. 글은 고치면서 완성됩니다. 읽어보고 고치고, (다른 사람에게) 보여 주고 고치고, 두세 달 책상 서랍에 넣어 두었다가 꺼내어 고치세요. 자기 글이 비판당하는 일을 두려워하지 마세요. '글'이 비판당하는 거지 '내'가 당하는 게 아니니까요.

"글이 비판당하지 내가 비판당하지 않는다." 이 말은 참 중요한 말입니다. 글뿐만이 아니라 우리가 인생을 살아가는 데 모든 일의 이치가 그렇거든요. 겉으로 보여지는 모든 것은 '내 것'이지 '나'가 아닙니다. 내가 소유한 자동차, 아파트, 주식, 현금, 내 글…. 이런 모든 것들은 내 것이지 '나'가 아닙니다. 글도 마찬가지구요. 그러니 남한테 보여주어 비판당하는 일을 두려워하지 마세요. 많이 고치고 열심히 고치세요.

2부

글쓰기의
실제

# 1
# 쓰기 전에

이제부터 이 책의 핵심인 '글쓰기'에 대해 공부합니다. 모두 8장에 걸쳐 중요 내용을 설명하고 있으니 깊이 읽고 깨치기 바랍니다.

글을 써야 하는 이유는 다양합니다. 외부에서 청탁이 올 때, 과제를 하기 위해, 특별한 경우(시험이나 취직), 쓰고 싶어서 등입니다.

글쓰기에서 제일 먼저 하는 일은 주제를 정하는 일인데, 어떤 글을 쓰는데 주제는 거의 미리 주어집니다. 그냥 쓰고 싶어서 쓸 때에도 어떤 내용으로 써야겠다는 생각이 있기 때문에, '무엇을 쓸 것인가'하는 주제는 미리 정해져 있습니다.

실제로 글을 쓰는데 주제 정하기와 함께 중요한 게 '발상'입니다. 발상이란 쓰려는 글에 대한 생각 아이디어입니다. 고인 물에 얼음이 얼기 위해서는 그 물에 짚풀 같은 것이 떠 있어야 합니다. 날씨가 추워져 0℃가 될 때 짚풀에서부터 얼음이 얼어 주위 물 표면으로 번져 나갑니다. 이처럼 글도 "아, 이렇게 써야겠구나"하는 발상에서 시작되어 글을 쓰게 됩니다. 그래서 발상을 글의 '씨앗, 종자'라고 할 수 있습니다. 발상은 의도한다고 떠오르는 것이 아니라, 예기치 않은 순간에 불꽃처럼 튀어나옵니다. 한 단어로, 혹은 한 문장으로, 글 전체의 윤곽으로 떠오릅니다.

발상이 떠오르면 자료를 찾고 내용을 구성합니다. 좋은 글은 자료에서 나온다는 말이 있듯이, 자료와 소재를 풍부히 갖출수록 좋은 글을 쓸 수 있습니다. 그렇지 못하면 쓰다가 쓸 게 없어서 그만두는 일이 생기지요.

자료를 모으고, 소재를 찾는 일에 대해서는 앞서 말했으므로 여기서는 생략하고, 실제 글쓰기에서 꼭 필요한 글 구성하기부터 이야기하겠습니다.

## 구성하기(플롯, 개요짜기)

구성하기는 개요짜기라고도 합니다. 구성하기는 흔히 집을 지을 때 쓰는 설계도에 비유됩니다. 우리가 집을 짓는데 설계도 없이 짓는다면 어떻게 되겠어요? 처음 의도했던 대로 집을 지을 수 없습니다. 마찬가지로 글을 쓸 때도 처음 의도주제대로 글을 쓰기 위해서는 구성이라는 과정이 필요합니다. 같은 이야기라도 엮어 짜는 방식과 순서에 따라 글의 효과와 느낌이 달라지기 때문이죠.

구성이란 이야기를 어떻게 짤(얽을) 것인가, 그리하여 통일성 있는 한편의 글을 쓸 것인가 하는 것입니다. 같은 주제로 동일한 소재를 수집·정리하였다 해도, 그것을 짜 맞추는 구성방식에 따라 글의 효과와 성격이 달라지기 때문에 글의 구성은 대단히 중요합니다.

구성하기는 글의 성격에 따라 약간 방법이 다릅니다. 앞서 말한 대로 글에는 문학작품과 비문학작품(설명문, 논설문 등)이 있는데, 그에 따라 구성하기도 달라집니다. 여기서는 문학작품보다는 비문학작품을 중심으로 구성하기에 대해 설명하겠습니다.

일반적으로 구성하기는 크게 자연적 구성과 논리적 구성으로 나뉩니다. 자연적 구성은 어떤 일의 순서에 따라 글 내용을 배열하는 방식입니다. 쉬워서 많이 쓰는 방법이죠. 자연적 구성은 시간 순서에 따라 하는 것과 공간 순서에 따라 하는 것이 있습니다. 말 그대로 일이 이러난 순서에 따라, 그리고 공간의 변화에 따라 구성하는 방법입니다. 예를 들어 임진왜란에 대해 글을 쓴다면 시간적 순서에 따라 글을 쓸 수 있겠죠. 해외여행 후 글을 쓴다면 시간 순서에 따라 쓸 수도 있고, 공간 순서에 따라 쓸 수도 있겠죠.

　그런데 주의할 것은 이러한 자연적 구성은 쉽게 쓸 수 있는 반면, 글의 인상이나 호소력이 약해지기 쉬운 약점이 있습니다.

　이에 반해 논리적 구성은 글감이 갖고 있는 자연적 질서를 무시하고, 필자의 의도에 따라 논리적 일관성을 갖도록 글감을 배치하는 방법입니다. 여기에는 단계식 구성, 연역적, 혹은 귀납적 구성, 점층식 구성, 인과식 구성, 문제해결식 구성 등이 있습니다.

1) 단계식 구성 : 글쓴이의 의도와 논리에 따라 배열하는 방법으로, 논리 정연하게 주장하는 글에 적합합니다.(예, 씨름의 유래와 본존 계승의 필요성)

2) 연역적, 귀납적 구성 : 연역적 구성은 글 주제가 앞에, 귀납적 구성은 주제가 뒤에 오도록 배열하는 방법으로, 논리적으로 이야기하여 상대방을 설득하는 글에 적합합니다.(예, 환경 보호의 필요성)

3) 점층식 구성 : 점층식으로 자료를 배열하는 방법으로 시간의 흐름에 따라 긴장감을 고조시킬 필요가 있는 화제에 적합합니다.(예, 나의 학창시절, 나의 6 · 25 체험기 등)

4) 인과적 구성 : 원인과 결과 관계에 따라 자료를 배열하는 방법으로, 어떤 주장을 논리 정연하게 전개하는 화제에 적합합니다.(예, 대기오염 원인과 폐해)

5) 문제 해결식 구성 : 문제에 해당하는 자료를 먼저 배

열하고, 해결 방법에 해당하는 것을 뒤에 제시하는 방법
입니다. 논술시험에 자주 사용되는 방법으로, 현상–원
인–해결책 제시의 틀로 글이 전개됩니다. 환경문제, 빈
부격차, 고령화 사회 문제 등을 주제로 쓸 때 적합합니다.
(예, 광화문 사거리에 육교를 건설해야 할 이유)

어떤 식 구성이든 주장하는 글을 쓸 때는 반드시 그에
합당한 근거를 들어야 합니다. 앞에서도 이야기했지만,
주장하는 글에서 가장 중요한 것은 논거가 얼마나 합리
적이고 타당한가, 그것을 바탕으로 주제를 향해 글을 자
연스럽게 집중해 가는가, 이기 때문입니다.
글의 주제에 따른 구성 방법이 위와 같다면 실제 글을
쓸 때에는 일반적으로 다음과 같이 구성합니다.

1) 서론(처음) : 글이 시작되는 부분입니다. 이 부분을
쓸 때는 문제 제기, 개념 정의, 시사적 내용으로 주의 환
기, 관심을 유도하는 질문하기, 글을 쓰게 된 동기나 목적
방향 소개하기, 관련 어구 인용하기, 관련된 개인적 체험
말하기 등의 내용으로 시작합니다.

2) 본론(중간) : 서론에 이어 글이 본격적으로 전개되는 부분입니다. 논설문의 경우에는 합당한 근거를 들어 상대방 주장 논박하기, 자신의 입장 옹호하기, 문제 원인 규명하기, 영향 예측하기, 조건 검토하기 등으로, 설명문인 경우에는 설명하고자 하는 내용을 비교, 분석, 대조, 예시 등의 방법으로 쓰고자 하는 바를 충분히 나타냅니다.

3) 결론(끝) : 글을 끝맺는 부분입니다. 본론의 내용 요약 강조하기, 독자에게 당부하기, 제언 전망하기, 주제를 일반화하기 등의 방법이 있습니다. 여기서 주의할 것은 본론 내용을 요약 정리한다고 해서 서론이나 본론에 썼던 말을 그대로 써서는 안 된다는 것입니다. 요약이므로 본문에서 다룬 내용이어야 하지만 표현은 달라야 합니다. 인용, 예시, 신변의 일상사, 기대나 당부, 해결책 제시, 마무리 어구 등을 사용하여 글을 끝맺을 수 있습니다.

글의 구성과 관련하여 한 가지 유의해야 할 일은 구성에서 가장 중요한 것은 '자연스러움'입니다. 단계별로 이렇게 나눠놓았다 하더라도 글의 일관성, 통일성, 자연스런 흐름을 해쳐서는 안 됩니다. 글을 구성했어도 쓰다 보면 처음 구성한 것과 다르게 진행되기도 하는데, 중요한 것은 글의 구성을 틀에 박힌 어떤 단계(처음 - 중간 - 끝, 혹은 기승전결)로 보지 말고, 글이 흘러가는 방향, 진행 방향으로 보아야 합니다. 글을 쓸 때 구성하기는 틀에 박힌 정해진 구조가 아닌, 주제를 향해 흐트러지지 않도록 하기 위함임을 이해해야 합니다.

# 2
# 참신하게 쓰기

글에서 가장 중요한 것은 참신함입니다. 글의 참신함은 표현에서, 내용에서 올 수 있습니다. 이 장에서는 글의 생명이라 할 수 있는 참신함에 대해 알아봅니다.

글의 생명은 참신함에 있습니다. 참신(斬新)이란 한자를 살펴보면 '목 벨 참(斬)'에 '새로울 신(新)'으로 되어 있습니다. 참(斬)자는 고대 중국에서 죄인을 죽이던 극형틀이 수레와 도끼로 이루어졌다는 데서 나온 글자입니다. 그러니까 '참'은 '수레와 도끼'라는 말인데, 이 말은 자신의 과거를 도끼로 내려치듯, 완전히 단절하여 새롭게 시작한다는 말입니다.

반면 참신함의 반대말은 진부함인데, 진부(陳腐)라는 한자를 보면 썩을 고기(腐)를 보라고 남들에게 진열한다 (陳)는 뜻입니다. 이 말에는 다음과 같은 의미가 담겨 있 다고 합니다.(이 내용은 경향신문 2016. 04. 14, 배철현의 「진부함과 참 신함」에서 가져왔습니다.) 고대사회에서 고기를 맛보기란 드문 일이었습니다. 그런데 한 사람이 고기를 다른 사람에게 자랑하고 싶었어요. 고기를 냉장보관하지 않고, 다른 사 람이 올 때마다 그 고기를 꺼내서 보여 주곤 했습니다. 사 람들은 처음에 이 귀한 고기가 탐이 나서 그를 부러워했 지요. 시간이 지나면서 고기는 썩기 시작했고 악취가 났 습니다. 고기 주인은 썩은 고기를 사람들에게 습관적으 로 보여 주었고, 자신은 썩은 고기에 익숙해 악취가 나는 줄도 몰랐습니다.

　글쓰기에서 문학작품 쓰기와 비문학작품 쓰기는 물론 다릅니다. 문학작품이 감동을 목적으로 한다면 비문학 작품은 이해와 설득을 주목적으로 합니다. 따라서 글의 참신함도 글의 내용과 성격에 따라 다르긴 하지만,  그 러나 일반적으로 글이라 함은 참신함이 있어야 합니다.

　글에서의 진부함은 곧잘 죽은 비유로 나타납니다. 떡

두꺼비 같은 아들, 꽃 같은 여자, 얼음장처럼 차가운 손, 헌신짝처럼 내버렸다, 뼈를 깎는 인고의 세월, 달콤한 성공의 열매 같은 표현이 진부한 표현입니다. 이미 관습적으로 굳어져 색다른 맛이 없습니다.

참신하게 글을 쓰기 위해서는 관습적인 생각에 저항해야 합니다. 곧 고정관념에서 탈피해야 한다는 말입니다. 고정관념은 이미 굳어져 있어 새로움을 볼 수 없습니다. 좋은 글을 쓰려면 사물을 볼 때 순응적인 시선보다는 반항적인 시선으로 볼 필요가 있습니다. 그래야 고정관념에서 탈피할 수 있습니다. 더운 여름 날 운동장에 긴 호스를 끌어다 물을 뿌린다면, 그 장면을 운동장이라는 화폭에 그림을 그리는 일로 볼 수도 있습니다. 참신한 시각입니다.

글의 참신함은 흔히 적절한 수사법을 이용할 때 나타납니다. 사람도 맨 얼굴보다는 살짝 화장한 얼굴이 더 매력적이듯 표현하고자 하는 내용을 비유, 변화, 강조와 같은 표현법을 사용해서 표현하면 글의 맛이 훨씬 찰지고 매력적입니다. 어니스트 헤밍웨이는 "레토릭(rhetoric, 수사학)이란 발전기에서 튕겨져 나오는 푸른 불꽃"이라고 했습니다. 이 말 자체가 수사법에 대한 은유적 표현으로 멋진 표현이 아닐 수 없습니다.

[살구나무에 꽃이 피었다.]라는 표현보다는 [살구나무 발전소가 꽃등에 불을 밝혔다.]라고 표현한다면, 훨씬 멋진 문장이 될뿐더러 새로운 의미까지 가져다 줍니다. 그래서 좋은 문장을 쓰려거든 수사법의 장인이 되라, 라는 말까지 있습니다.

한 편의 글에는 '참신함'이 배어 있어야 합니다. 그게 잘 안 된다면, 글을 쓸 때 작가는 자기가 쓰는 글에 참신한 표현을 한두 가지 넣으려고 의도적으로라도 노력해야 합니다. 그렇게 해서라도 참신함을 갖게 해야 합니다. 글에서 참신함은 단어 차원에서, 문장 차원에서, 글 전체 차원에서 가질 수 있습니다.


## 단어 차원에서의 참신함

자기만의 개성적인 표현이 드러나는 단어를 사용해 글의 참신함을 갖도록 하는 표현입니다. 몇 가지 예를 봅시다.

[양지바른 곳에 도토리들이 당알당알 널려 있다.]

[노년, 인생이란 시간의 잔고가 얼마 남지 않은 시기.]

[흰 머리칼, 노년으로 가는 장거리 고독에 은어 떼로 몰리는 시간의 빛]

[늦가을 햇볕이 국화송이에 쇠리쇠리 비친다.]

[붉은 단풍이 자지러지게 곱다.]

[돼지고기를 숭덩숭덩 썰어 넣고,]

[설거지 감을 포갬포갬 포개놓고]

[기왓장 두 장 크기의 모판] (함민복, 『미안한 마음』)

[꽃, 봄의 심지.] (위와 같음)

[숲에서 여치가 울고 있었다. ~ 여치 소리에서 오이냄새가 났다.] (강정규, 『토끼의 눈』)

## 문장 차원에서의 참신함

역시 문장 차원에서 자기만의 독특한 표현으로 글의

84

참신함을 가져오는 경우입니다.

[악어의 심장에도 피는 흐르겠지.]

[슬픔의 안쪽을 걸어온 사람은 / 좋은 날에도 운다.]

[타락한 나 자신에 대한 반성이 번갯불처럼 들이닥친다.]

(김수영, 『김수영』)

[사그라져가는 문턱에 하루 종일 쭈그리고 앉아 있는 모습.]

(위와 같음)

[또 비가 왔다. 물건이나 사람이 다 깊이를 알 수 없이 축축하
게 젖고 있었다.] (크리스토프 바타이유, 『다다를 수 없는 나라』)


## 글 전체 차원에서의 참신함


　글 전체 차원의 참신함은 주제 차원의 창의적 아이디
어, 사물을 새롭게 바라보는 작가의 눈에 달려 있습니다.
예문을 봅시다.

뉘 집에 가든지 좋은 벽면을 가진 방처럼 탐나는 것은 없다. 넓고 멀찍하고 광선이 간접적으로 어리는, 물속처럼 고요한 벽면, 그런 벽면에 낡은 그림 한 폭 걸어놓고 혼자 바라보고 앉아 있는 맛, 더러는 좋은 친구와 함께 바라보며 화제 없는 이야기로 날 어둡는 줄 모르는 맛, 그리고 가끔 다른 그림으로 갈아 걸어 보는 맛, 좋은 벽은 얼마나 생활이, 인생이 의지할 수 있는 것일까?

어제 K군이 입원을 하여 S병원에 가 보았다. 새로 지은 병실, 이등실, 세 침대가 서로 좁지 않게 주르르 놓여 있고 앞에는 널따란 벽면이 멀찌가니 떠 있었다. 간접광선인 데다 크림 빛을 칠해 한없이 부드럽고 은은한 벽이었다.

우리는 모두 좋은 벽이라 하였다. 그리고 아까운 벽이라 하였다. 그렇게 훌륭한 벽면에는 파리 하나 머물러 있지 않았다.

다른 벽면도 그랬다. 한 군데는 문이 하나, 한 군데는 유리창이 하나 있을 뿐, 넓은 벽면들은 모두 여백인 채 사막처럼 비어 있었다. 병상에 누운 환자들은 그 사막 위에 피

곤한 시선을 달리고 달리고 하다가는 머무를 곳이 없어 그
만 눈을 감아 버리곤 하였다.

나는 감방의 벽면이 저러려니 생각되었다. 그리고 화가
인 K군을 위해서 그 사막의 벽면에다 만년필의 잉크라도
한 줄기 뿌려놓고 싶었다.


벽이 그립다.

멀찍하고 은은한 벽면에 장정 낡은 옛 그림이나 한 폭 걸
어놓고 그 아래 고요히 앉아보고 싶다. 배광背光이 없는 생
활일수록 벽이 그리운가 보다.

― 이태준, 「벽」

아무 것도 없어 지루하기 그만인 벽에 "만년필의 잉크
라도 한 줄기 뿌려놓고 싶다." 이 얼마나 참신한 표현입
니까?

글의 참신함을 나타내주는 예를 들자면 이루 말할 수
없이 많습니다. 그런데 한 가지 분명한 것은 참신함을 예
로 들 수 있는 글은 한결같이 글이 명문이라는 것입니다.

글의 참신함은 거저 얻어지지 않습니다. 날카로운 관찰력, 어떤 일이나 사물을 새롭게 보고 해석하는 시선, 평소 부단하게 훈련된 표현력과 풍부한 어휘력을 바탕으로 비로소 얻어집니다.

한 편의 글에서 단어 차원이든, 문장 차원이든, 글 전체 차원이든, 참신한 표현이 한 군데 이상은 있어야 그 글을 읽을 맛이 납니다. 그런 게 없이 글이 전개된다면 마른 빵을 씹 듯 글맛이 텁텁하고 지루하여 다 읽기도 전에 옆으로 치워 놓게 됩니다.

# 3
# 실제로 쓰기 ①

자, 이제 글쓰기의 실전(實戰)으로 들어갑니다. 자기가 실제로 글을 쓴다는 마음으로 이 장을 공부합시다. 먼저 제목 쓰기입니다.

## 제목 붙이기

긴 글이든 짧은 글이든 모든 글에는 제목이 있습니다. 심지어 제목 없음이라는 뜻의 '무제(無題)'라는 것도 글의 제목으로 쓰입니다.

글 가운데 가장 먼저 독자가 읽는 것은 제목입니다. 제목을 읽고 다음 내용을 읽을지 말지 결정합니다. 그만큼 제목이라는 첫 단어, 첫 문장이 독자에게 미치는 영향은 지대합니다. 제목이 좋으면 그 글이나 책을 읽고 싶은 충동이 일어나고, 내용이 아무리 좋아도 제목이 좋지 않으면 독자들은 곧 외면합니다. 호응을 받기 어렵지요. 그래서 작가나 출판업자들은 책 제목을 놓고 무척이나 고심합니다. 처음 정해진 제목이 여러 번 수정을 거쳐 엉뚱하게 지어지는 경우도 많이 있습니다.

제가 쓴 자전소설 『위로받고 싶은 날들』도 처음 제목은 '밥그릇에 흘린 눈물'이었습니다. 그런데 교정지가 몇 차례 오고간 후 본문 편집이 어느 정도 완성되었을 때, 제목에 대해 본격적인 토론이 벌어졌습니다. 출판사에서는 4~5개의 제목 시안을 제시하면서 어떤 것이 좋겠느냐며 저에게 의견을 물어왔습니다. 여러 날 생각과 고민을 거듭한 결과, 출판사 제안과는 다르게 제가 『위로받고 싶은 날들』이라는 제목을 제안했고, 여러 차례 토론 끝에 결국 그것으로 정해졌습니다.

그만큼 글의 제목이 중요하다는 말입니다. 글 제목은 글의 전체적인 내용을 짐작하는 데 도움을 주고, 글 읽기의 방향을 제시해 주며, 글을 읽을 때 글 내용을 판단하는

데 중요한 기준이 됩니다.

따라서 제목은 산뜻하고, 의미가 깊고, 흥미로운 것이 좋습니다. 글을 읽고 났을 때, 아 그래서 제목이 그거였구나, 할 정도로 내용과 결부시켜 뚜렷한 제목이 좋습니다. 제목은 독자의 눈길을 사로잡기 위해 부르기 쉽고, 외우기 쉽고, 기억에 오래 남으면서, 다른 제목과 헷갈리지 않는 것이 좋습니다. 대체적으로 제목을 정할 때는,

① 글 내용을 적절하게 담아야 합니다.

② 길이가 적당해야 합니다.

③ 글의 중심 내용을 간결하게 표현할 수 있어야 합니다.

④ 글의 목적에 따라 다르게 표현해야 합니다.

⑤ 제목만 봐도 읽고 싶은 마음이 들도록 참신해야 합니다.


그렇다면 글 제목의 유형에 어떤 것들이 있을까요? 몇 가지 살펴보면,

① 문장형 제목 : 「서부전선 이상 없다」, 「바람과 함께 사라지다」, 「별이 빛나는 밤에」, 「메밀꽃 필 무렵」, 「자물쇠가 철컥 열리는 순간」, 「위로받고 싶은 날들」

② 도치형 제목 : 「흐르는 강물처럼」, 「태극기 휘날리며」

③ 명사형 제목 : 「태백산맥」, 「토지」, 「임꺽정」, 「소금 울음」, 「이빨자국」, 「러브 스토리」

④ A의 B형 : 「태양의 후예」, 「낭독의 발견」, 「맨발의 청춘」, 「여자의 일생」, 「늪의 딸」

⑤ A와 B형 : 「철수와 영희」, 「병신과 머저리」, 「선생과 황태자」, 「B사감과 러브레터」, 「사랑손님과 어머니」

제목은 한 글자에서부터 여러 글자(예 : 「가만 있자, 그러니까 가만 있자 할 때의 그 가만 있자에 대하여」, 조재도의 시)에 이르기까지 다양합니다. 어느 조사에 따르면 위의 유형 가운데 한국인이 가장 선호하는 제목 유형은 'A의 B형'이라고 합니다. 아마도 이 유형이 발음하기 좋은 음절 구조(3 – 2, 4 – 3 구조)를 갖고 있고, 심리적 안정감을 주기 때문이 아닌가 싶습니다.

제목은 그 글의 얼굴입니다. 어떤 제목을 붙이느냐에 따라 독자의 반응이 달라집니다. 제목 하나만 바꿨는데 인터넷 조회 수가 달라졌다는 말은 제목이 글에서 얼마나 중요한가를 나타내 주는 말입니다.

# 4
# 실제로 쓰기 ②

이 장에서는 첫 부분, 첫 문장, 서두 쓰기에 대해 공부합니다. 바람직한 서두 유형에 어떤 것들이 있는지 알아봅시다.

## 첫 부분(서두) 쓰기

제목 다음으로 독자의 눈이 가는 곳이 글의 서두, 첫 문장입니다. 제목과 더불어 그 글을 읽을지 말지를 결정하는 중요한 부분이죠. 그래서 글의 첫 문장은 짧고도 강렬하면서 매력적인 문장이어야 합니다. 짧아야 폭발력이 있으니까요.

"처음 세 줄에 승부를 걸어라."라는 말이 있습니다. 이는 글의 첫 부분이 사람에게는 첫인상과 같아서 글 전체에 대한 호감·비호감을 갖게 하기 때문입니다. 그래서 대체로 전문가들은 처음 부분을 쓸 때 짧게, 묘사체로, 박진감 있게 쓰라고 권합니다.

[머 어데 빈자리가 있어야지.] (채만식, 「레디메이드 인생」)

[몸을 웅크리고 가마니 속에 쓰러져 있었다. 한 시간 후면 모든 것은 끝나는 것이다.] (오상원, 「유예」)

[진수가 돌아온다. 진수가 살아서 돌아온다.] (하근찬, 「수난이대」)

[화개장터의 냇물은 길과 함께 흘러서 세 갈래로 나 있었다.] (김동리, 「역마」)

[오늘도 또 우리 수탉이 막 쫓기었다.] (김유정, 「동백꽃」)

['박제(剝製)가 되어 버린 천재'를 아시오? 나는 유쾌하오. 이런 때 연애까지가 유쾌하오. ] (이상, 「날개」)

[아버지한테 왈칵 술 냄새가 났다.] (조재도, 「이빨자국」)

[아스팔트길에 햇빛이 반짝였다. 서울이었다.] (조재도, 『불량 아이들』)

[한 아이가 우리들의 놀이터를 향해 헐레벌떡 뛰어왔다. 내 친

구 병근이었다.] (조재도, 『싸움닭 샤모』)

손쉽게 찾아볼 수 있는 소설 첫머리, 첫 문장입니다. 작가에 따라 문장의 운용이 다 달라서 꼭 짧게 쓸 수는 없겠지만, 글공부를 하는 사람이라면 우선 짧게 묘사체로 쓸 필요가 있습니다.

첫 부분이 잘 되어야만 다음 부분을 쓰기도 쉽습니다. 그리고 다음 부분을 쓸 준비가 되어 있어야 첫 부분도 잘 써집니다.

흔히 글을 쓸 준비를 다 해 놓고도 말머리를 어떻게 열 것인가로 고심하는 수가 많습니다. 물론 주제를 충분히 음미하고 새기다 보면 글의 첫머리가 자연스럽게 흘러나오기도 하지만, 그것이 그리 쉬운 일은 아닙니다.

지나치게 멋있고 인상적으로 쓰려는 욕심은 서두를 쓰는데 가장 피해야 할 일입니다. 침착하고 차분하게 주제를 음미해야 자연스러운 서두가 나옵니다. 서두는 글 내용과 긴밀히 연관되고, 독자의 관심을 불러일으키는 것이 좋습니다.

글의 첫 부분을 쓰는 데 바람직한 유형 몇 가지를 살

퍼보겠습니다. (이상은 http://blog.daum.net/lucky7942/2545335 에
서 가져와 내용을 적절하게 변형한 것임.)


## 1) 바람직한 서두 유형


### ① 사실의 직접 진술

[어젯밤은 몹시 추웠고 천둥 번개가 요란했다. 온 세상
이 온통 변해 버릴 것 같은 그런 진동소리였다. 아침에 일
어나니 날씨는 추웠고, 나는 난로 준비를 하지 않아 마음
이 불안해졌다.]


### ② 글을 쓰게 된 동기에 대한 간략한 소개

[이 글을 쓰게 된 동기는 한국독서문화원에서 주최하
는 전국 주부 독후감 대회에 출품하기 위해서이다. 나는
평소에 책을 가까이 하고 글 쓰는 일을 좋아하지만, 이렇
게 어떤 대회에 응모하기 위해 글을 써 보기는 처음이다.
아무튼 대회 응모용으로 쓰는 글이니 주최 측에서 요구
하는 바에 맞게 열심히 써 보겠다.]

③ 필자의 솔직한 고백

[잘 모르는 분들은 혹 나를 특출한 인물로 볼지 모른다. 하지만, 내겐 인간이면 누구나 하느님으로부터 받은 그 '존엄성' 외에 위대한 점이라곤 추호도 없다. 재주나 외모가 남보다 뛰어난 것도 아니고 성품이 남다른 것도 아니다. 지덕(知德)에 있어 나보다 월등하게 높은 이들이 세상엔 허다하다.]


④ 관련성 있는 어구나 삽화의 인용

["역경 가운데도 찬양할 만한 것이 있다."라는, 스토아학파의 말이 있다. 인류의 역사 발전을 볼 때 흔히 기적이라 불리는 많은 것들이 역경 속에서 나타났다. ]


⑤ 의문형의 적절한 제시

[인간은 언제부터 지구상에서 생활을 영위하였을까? 문화의 기원은 언제 어디서 어떻게 시작되었을까? 이러한 의문 속에 사람들은 같은 영장류에 속하는 인간과 원숭이 사이에는 너무나도 큰 차이가 있음을 발견했다.]

⑥ 관련 화제 제시

[우리 인간을 비롯하여, 이 지구 위에 널리 분포되어 있는 생물체들의 생명이란 참으로 신비한 것이다. 이 생명의 문제에 대해 예전부터 많은 사람들은 관심을 갖고 연구를 거듭해 왔지만, 오늘날에도 완전한 결론을 얻지 못한 상태에 있다. 그러나 현대 과학의 발전으로 그 신비의 베일이 완전히 벗겨질 날도 멀지 않으리라고 본다. 이런 상황에서 생명의 기원에 대해 현대과학이 얼마만큼 해명의 빛을 비추고 있나 살펴보고자 한다.]

⑦ 충격적인 사건이나 사실 제시

[한강이 죽어 가고 있다. 서울 시민들의 음료수, 생활용수의 근원이 되고 있는 한강은 지금 빈사 상태에 있다. 오염도가 법정 기준치를 넘은 지 이미 오래고, 등이 굽은 기형어들이 종종 잡히며, 기온이 높은 날에는 수표면이 부글부글 끓어오르고, 물속을 보면 열 자는커녕 열 치 깊이도 안 보인다.]

⑧ 글 주제를 밝힘

[근대적인 모든 사조(思潮) 중에서 우리 신문학 사상에 가장 큰 업적을 남긴 것은 자연주의였다. 자연주의는 우리 신문학 사조 중의 사조였다. 그러나 이것은 유독 조선 신문학에서만이 아니고 본래 근대 문학의 운명의 문제이리라. 근대 문학은 한마디로 산문 문학이요, 그 산문 문학을 건설한 것이 자연주의 문학자들이었다는 것은 우리가 주지하는 사실이다.]

이 같은 방법 외에 사회 경제적인 문제와 관련한 시사적 상황(인용이나 예화)을 제시하면서 글을 시작할 수도 있습니다. 이는 독자의 이해를 돕고 관심을 끌기 위해 글 주제에 대한 일반적 현상이나 상황 등을 서술하면서 시작하는데, 보통 일반적 상황제시 + 관련 문제점이나 중요성 제시 형태로 글이 이루어집니다.

> ① 너 하나만 생각했어/ 또 생각했어 그래서/ 속상했지만 이제 알/ 았어 사랑이 어떤 건/ 지 알게 됐어. 인터넷 문화를 아는 사람이면 단박에 눈치 챘을 것이다. 잘 알려진

만우절 '가로 드립'으로, 매 항의 첫 글자를 따서 읽으면 '너 또 속았지'가 된다. 드립이란 상황과 맞지 않거나 엉뚱한 발언을 일컫는 누리꾼 용어이다. 국내에서는 인터넷 커뮤니티 사이트 '디시인사이드'에서 시작해 20년 가까이 인터넷 문화를 주도해 왔다. 지금 와서 "드립이 뭐냐"고 묻는다면 그 자체가 드립을 치는 격이다.

②초기 드립은 썰렁개그 혹은 말장난 수준이었다. '아이유가 뉘집 아이유?'가 딱 그렇다. 시간이 흐르면서 가운데 드립과 거꾸로 드립이 등장했다. 여기에 인터넷 신조어나 은어, 젊은이들의 톡톡 튀는 감각이 결합해 독특한 인터넷 풍자 문화를 형성했다. 드립은 자유로운 영혼들의 언어였지만 부작용도 많았다. 소설가 이외수 씨가 고소한 학생 악플러가 반성문을 가장해 세로 드립으로 작성한 글은 유명한 악용 사례이다. 미국 영화배우 아널드 슈워제네거도 의회에 세로 드립으로 욕설을 담은 서한을 보냈다가 반발을 샀다. 복잡한 드립은 미로찾기 수준이다. 뒤돌아정신병원가/ 글구너말구새로운/ 자식을사랑하는데/ 만날개랑은영

화만/ 봐이상해앞글자봐(디시인사이드 인용). 해독하면 '정말 사랑해'란 고백이 된다.

③ 보수단체 자유경제원 주최 '제1회 건국대통령 이승만 시 공모전'에서 세로 드립으로 이승만 전 대통령의 행적을 비판한 시가 입상한 사실이 뒤늦게 드러났다. 최우수상을 탄 'To the promised land'(약속의 땅으로)란 영작 시의 내용은 찬양일색이지만, 매 구절의 첫 글자만 따서 소리나는 대로 읽으면 'NIGAGARA HAWAII'(니가 가라 하와이)라고 조롱하는 문장이 된다. 입선작인 '우남찬가'라는 한글시도 드립에 '～한강다리폭파 국민버린 반역자～'라는 문장을 숨겨놓았다. 이 전 대통령을 영웅으로 만들려다 풍자적 반격을 당한 것이다. 자유경제원측은 두 작품의 입상 취소와 법적 대응을 예고했다. 사실 공과 논란이 분분한 이 전 대통령은 드립 거리로 안성맞춤이다. 자유경제원이 공연한 분란을 자초했다는 느낌을 지울 수 없다.

– 조호연,「풍자와 드립」, 경향신문(2016. 4. 5)

세 개의 문단으로 된 글입니다. ①은 인용과 정의, ②는 예시, ③은 관련 문제의 중요성 제시로 이루어져 있습니다. ① + ② = 일반적 상황 제시, ③ = 주제(관련 문제의 중요성)를 나타내고 있습니다.

이상의 내용과 다르게 상식적인 인생론을 과장하여 꺼내 놓거나, 주어진 주제에 대해 불평하는 경우, 개인적인 변명을 늘어놓거나, 사전적인 정의에 골몰하여 그것에 전적으로 의존하는 듯한 인상을 주는 것은 좋은 서두라고 할 수 없습니다.

# 5
# 실제로 쓰기 ③

첫 부분(서두) 쓰기에 이어 본문 쓰기를 공부합니다. 수필과
논술문 본문을 어떻게 써야 할까요?

## 본문 쓰기

서두는 서두대로 중요하고 본문은 본문대로 중요합니
다. 글 첫 부분이 독자의 시선을 잡아끄는 역할을 한다
면, 본문은 그 글의 매력을 살려야 하기 때문입니다. 전
하고자 하는 글의 핵심은 본문에 있습니다. 독자는 본문
을 읽고서야 글 내용을 이해하고, 글쓴이의 생각에 동의

하며, 감동받습니다.

본문은 글의 성격, 목적, 내용에 따라 구성, 진술 방식 등이 달라질 수밖에 없습니다. 여기서는 문학 작품인 수필과 비문학 작품인 논술문 쓰기로 나누어 설명하겠습니다.

### 1) 수필 본문 쓰기

어느 글이든 작가가 독자에게 전하고자 하는 메시지는 본문에 있습니다. 이는 문학 작품인 수필도 마찬가지입니다.(아래 내용은 인터넷 카페 http://cafe.daum.net/dokbaujwriters/2jme 에서 가져왔습니다.)

① 쉽고 친절하게 씁니다.

독자에게 친절한 글이 되도록 합니다. 자기가 잘 알고 있다고 독자도 알겠거니 하며 쓰지 않으면 불친절한 글이 됩니다. 그렇다고 앞의 내용으로 미루어 알 수 있는 이야기를 중언부언 써 놓으면 군더더기가 되어 지루해집니다. 행간(行間)의 의미를 발견하도록 써야 합니다.

② 감정을 억제합니다.

"정말 힘들었다."와 같은 표현은 누가 힘들지 않다고 했냐는 반발을 살 수 있습니다. 억제되지 않은 감정 표현은 독자에게 거부감을 줍니다.

③ 느낌을 직접 쓰지 않습니다.

"아름답다. 훌륭하다."고 쓸 일이 아니라 독자로 하여금 그렇게 느끼도록 써야 합니다.

④ 진솔하고 소박하게 씁니다.

글을 아름답고 화려하게 쓰려고 하지 마세요. 수식의 목적은 하고자 하는 이야기를 독자에게 정확히 전달하는 데 있습니다. 그러므로 지나친 수식은 오히려 정확한 의미 전달을 방해합니다. 화장은 자기 얼굴을 돋보이게 하는 데 있습니다. 지나친 화장은 상대에게 혐오감을 줄 수 있습니다.

⑤ 존댓말을 삼갑니다.

직계 어른이나 사회적 역사적으로 존경받을 만한 사람이 아니면 존댓말을 쓰지 않는 게 좋습니다.

⑥ 문장을 간결하게 씁니다. 짧은 문장이 의미 전달에 좋습니다.

⑦ 어법에 맞게 씁니다.

예문을 하나 살펴보겠습니다. 1989년 KBS 공채에 합격하여 아나운서가 된 이금희의 글로 중학교 국어교과서에 실렸던 글입니다.

---

## 촌스러운 아나운서

― 이금희

〈처음〉 지금도 그렇지만 대학 시절 나는 무척이나 촌스러웠다. 대학을 졸업하고 사회 생활을 막 시작할 때가 되어서도 옷차림이나 머리 모양이 대학생들과 별로 다를 게 없었다. 화장도 할 줄 몰랐고, 머리도 손질할 줄 몰랐으며, 옷도 청바지 외에는 별로 없었다.

〈중간〉 그러던 내가 취직을 했는데, 그 곳은 유행의 최첨단을 걷는 사람들이 모인다는 방송국이었다. 시골 사람 서울 구경이 그랬을까? 신입사원 연수 때부터 나는 어리벙벙하기만 했다.

신입 사원들의 연수를 위해 단체 합숙을 하는 첫날, 순진하게도 나는 안내문에 써 있는 대로 세면도구와 속옷 몇

---

벌만 달랑 챙겨 갔다. 하지만 나와는 달리 동기 아나운서들은 여벌의 옷가지들은 물론, 드라이어와 화장 도구 일체를 챙겨 와서는 갖가지 화장품을 풀어 놓고 아침마다 정성껏 얼굴을 두드리는데, 제대로 된 화장이 그런 것인 줄 그때 처음 알았다.

그 친구들에 대한 열등감은 아마도 그 때부터 시작되었다고 봐야 할 것이다. 텔레비전 화면에 모습을 비춰야 하는 직업이라서 아나운서에게는 화장, 머리 모양, 의상 등이 중요하다. 그런데 그런 쪽에는 도통 관심도 없었고 눈썰미도 없었던 나는 동기들에 비해 뒤쳐질 수밖에……. 세련된 그들에 비해 촌스러운 나를 누가 눈여겨보기나 할까 하는 열등감과 함께, 어쩌면 방송 프로그램에 나갈 기회조차 주어지지 않을지 모른다는 걱정도 들었다.

그래서 어리석게도 뱁새가 황새 따라가는 짓을 하기 시작했다. 동료 아나운서들이 값비싸고 유명한 상표의 옷을 입으면 나는 남대문 시장이나 동대문 시장에 가서 비슷한 의상을 사들였다. 화장품도 이것저것 사서 얼굴에 덕

지덕지 발랐다. 눈썹도 더 진하게, 입술 색깔도 더 강렬하게……. 원래 잘 하는 화장일수록 은은하고 자연스러운 법인데, 나는 무조건 진하게 그리고 발랐던 것이다. 그러다 보니 어딘지 내 색깔이 없어져 가는 것 같았다. 화면에 나온 내 모습은 내가 봐도 어색하기만 했고, 옷도 남의 옷을 빌려 입은 듯 불편했다.

그러면서 점차 깨닫게 된 것이 바로 '나다움'이었다. 아무리 그들을 의식하고 흉내낸다 하더라도 나는 결국 나다. 나는 어떻게 해도 그들이 될 수 없다. 그들을 쫓아가려고 애쓰다 보면 결국 나다운 것조차 잃어버리게 된다.

그런 사실을 깨닫게 된 것은 당시에 내가 맡았던 프로그램 덕분이었다. 신입 사원 시절, 나는 어린이 동요 대회 프로그램과 고향 소식을 전하는 프로그램을 맡았다. 나중에 알게 된 사실이었지만, 당시 그 프로그램의 담당자들은 나의 그 촌스러움, 즉 소박함을 높이 사서 나를 그 프로그램 진행자로 추천했다고 한다.

〈끝〉 그런 것이다. 모자란 부분도 시각을 달리해서 보

면 장점이 될 수 있다. 촌스러움도 순수함으로 비춰질 수
있고, 세련되지 못한 점이 친근감으로 느껴질 수도 있다.

중요한 것은 자기 자신의 기준과 잣대이다. 내가 나를 제
대로 봐 주지 않으면 누구도 나를 제대로 봐 줄 리 없고, 내
가 나를 사랑하지 않으면 아무도 나를 사랑하지 않을 테니
까 말이다.

이 글은 '나다움'의 중요함에 대한 이야기를 '뱁새가 황
새 따라간다.'는 속담을 들어 이야기하고 있습니다. 글이
시작되는 처음 부분에 이어, 신입 사원 연수에서 있었던
일과 그로 인한 깨달음, 그리고 끝 부분에 주제가 제시되
어 있습니다. 짧고 평범한 글 속에 깊은 인생의 의미를
담고 있습니다.

2) 논술문 본문 쓰기

논술문은 주장하는 글입니다. 서론에서 제기한 문제에
이어 자기 주장을 본론에서 마음껏 펼쳐야 합니다. 몇 가

지 방식을 살펴보겠습니다.(아래 내용은 네이버 블로그 http://blog.naver.com/PostView.nhn?blogId=lby56&logNo=150031393517에서 가져왔습니다.)

① 인과 관계에 의한 전개 방식 : 원인과 결과에 따른 단락 배열로 어떤 현상을 설명하거나 논증할 때 씁니다.

[개화기는 우리 역사 가운데서 비극적 시기가 되고 말았다. 그것은 개화주의자와 수구주의자 간의 대립이 첨예화되고 혼란이 극심해졌기 때문이 아니라, 외국의 선진 문화와 기술을 받아들여 나라를 부강하게 만들어 보고자 하던 순수한 애국적 정열이 간교한 일제에 이용됨으로써, 결국 나라마저 잃고야 마는 비운을 맞았기 때문이다.]

② 예증을 통한 전개 : 사실에 대하여 실례를 들어 증명하는 방식으로, 중심 내용을 구체화하거나 뒷받침하는 설명과 논증에 주로 씁니다.

[이와 같이 우리의 음악, 무용, 회화, 공예, 건축 등으로부터 일상생활 도구, 의상, 음식물에 이르기까지 깃들어

있는 이 '멋'과 조화는 우리의 생리 체질까지 제약하면서
발전하여 나왔기로 우리의 문학에서도 이 미(美)의식이
반영되어 있음은 말할 나위가 없는 것이다. 누구나 잘 아
는 '춘향전'에서 이 도령은 그네 뛰는 춘향의 멋들어진 자
태를 보는 그 순간에 반해 버렸고, 춘향이 이 도령에게 반
한 것도 이 도령이 남원 부사의 아들이라는 사실보다 멋
쟁이 이 도령에게 반한 것이었다.]

③ 비교와 대조를 통한 전개 : 대상의 비슷한 점과 차이
점을 견주어 진술하는 방식으로 설명문에 주로 쓰이지
만, 논술문에서도 많이 씁니다.

[이런 점에서 법은 달가운 존재가 아니며 기피와 증오
의 대상이 되기도 한다. 그러나 법이 없으면 안전한 생활
을 할 수 없게 되는 것이 우리 사회의 현실이고 보면 법은
없어서는 안 될 존재이다. 이와 같은 법의 양면성은 울타
리와 비교될 수 있다. 울타리는 우리의 시야를 가리고 때
로는 바깥출입의 자유를 방해하는 점에서 답답한 존재이
다. 그러나 또 울타리는 우리를 보호하고, 타인과의 시비
를 가려주지 않는가.]

앞에서 여러 차례 강조했지만, 논술문에서 본문을 쓸 때 가장 주의해야 할 점은 주장하고자 하는 바에 대한 구체적인 논거가 제시되어야 합니다. 논거는 출처가 분명하고, 누가 봐도 합리적이고 타당해야 합니다. 그런 논거를 제시해야 독자를 설득시킬 수 있습니다. 논술문의 목적이 '주장하여 설득'하는 데 있음을 생각한다면, 적절한 논거 제시는 논술문 쓰기의 핵심이라 할 수 있습니다.

이 외에 아래와 같은 사항을 유의하면서 씁니다.

① 서두에 제시된 목표나 문제점, 글에서 다루기로 한 범위에 맞게 씁니다.

② 줄거리 또는 개요표를 미리 작성한 다음 본문을 씁니다.

③ 본문에 사용하는 제재들은 글 내용을 적절하고도 충분히 뒷받침해야 합니다.

④ 정확한 어휘 사용과 개성 있는 문체로 씁니다.

# 6
# 실제로 쓰기 ④

끝 부분, 결말 쓰기는 처음 서두 쓰기만큼이나 중요합니다.
잘 공부하여 자기가 쓰는 글을 멋지게 끝내 봅시다.

## 끝 부분(결말) 쓰기

"다 썼으면 끝내라."라는 말이 있습니다. 흔히 글쓰기
초보일수록 어떻게 끝낼지 망설이며 끝부분을 만지작거
립니다. 자신이 없기 때문입니다. "다 썼으면 끝내라." 앞
에 쓴 글을 읽어 보고, 자기가 쓰려고 했던 내용을 다 썼
으면 이제 글을 끝내야 합니다.

끝이 좋으면 전체가 좋다고 합니다. 마지막 두 문장이 전체를 살린다고도 합니다. 어찌 보면 글은 첫 문장만큼이나 끝 문장이 더 중요할 수도 있습니다. 그래서 글을 쓰기 전에 끝 부분에 쓸 '비장의 무기'를 미리 마련해 두는 작가도 있습니다. 끝 부분에 쓸 문장이나 내용을 글쓰기 전에 미리 생각해 두는 겁니다.

끝 부분은 압축적으로 여운을 주면서 인상 깊게 끝내야 합니다. 끝 부분이 안 좋으면 글 전체가 허술하고 힘없게 느껴집니다. 영화에서도 마지막 5분은 맨 처음 5분만큼이나 중요하다고 합니다. 운동 경기도 마찬가지죠. 글도 그렇습니다. 지금까지 끌고 온 글을 마지막에 인상 깊게 아퀴 짓는 것. 그래서 결말 쓰기가 중요합니다.

결말 쓰기에도 역시 수필과 논술문으로 나누어 설명하겠습니다.


### 1) 수필 끝 부분 쓰기

화룡점정(畵龍點睛)이라는 말이 있습니다. 용을 그리는데 맨 마지막 하는 일이 눈동자를 찍는다는 말입니다. 용을 다 그렸는데 눈동자가 없다면? 그런 용을 한번 상상해 보세요. 맥 빠진 그림이 될 것입니다.

그렇듯 결말 쓰기가 중요하지만, 그렇다고 이렇게 써야 한다는 정도는 없습니다. 다만 유용한 몇 가지 방법을 살펴보겠습니다.


① 주제를 효과적으로 드러냅니다. 이 말은 글을 온전하게 완성시켜 주는 역할을 하는 부분이 바로 결말이라는 것입니다. 아래 예로 든 글은 실용과 편의라는 서양적 사고를 상징하는 '매직펜'과, 동양의 정신을 상징하는 '붓'과의 대조 속에서 지은이는 붓을 더 선호한다는 것을 글의 끝 부분에서 이야기하고 있습니다.

[저는 역시 붓을 선호하는 쪽입니다. 주로 도시에서 교육을 받아온 저에게 있어서 붓은 단순한 취미나 여기(餘技)라는 공연한 사치로 이해될 수는 없는 것입니다.]

(신영복,「매직펜과 붓」)


② 감상을 드러내면서 끝냅니다. 이는 글쓴이의 인품이나 인생관을 느끼게 하기 때문에 독자에게 선명한 인상을 줄 수 있습니다. 아래 예문은 아버지가 돌아가시고

어머니와 함께 사는 아홉 살인 '나'가 어린 동생을 데리고 봄 소풍을 갔을 때의 일을 쓴 수필입니다. 아무 것도 모르는 철없는 동생과, 그런 동생을 데리고 소풍을 온 나의 마음은 한 마디로 노심초사입니다. 그 글의 끝은 이렇게 끝납니다.

[참으로 길고 긴 하루였습니다. 아홉 살의 소녀가 감당하기엔 너무나 힘들었던 봄 소풍, 그런데 왜 가끔씩 그 때가 그리워지는지 나도 모를 일입니다.]

(문혜영,「어린 날의 초상」

③ 처음과 끝 부분을 서로 대응시킵니다. 시에서는 '수미상관(首尾相關)'이라고도 하는데, 처음 내용을 반복하여 연상 작용을 통해 주제에 대한 관심을 환기시키는 방법입니다. 글을 안정적으로 끝맺게 해 주는 효과가 있습니다. 아래 예로 든 글은 첫 문장이 "경주 불국사 앞마당에 있는 등나무 사진을 책상 유리판 밑에 놓아 두고 있다."로 시작합니다. 그 등나무가 옆에 있는 나무를 타고 올라, 결국은 나무도 죽고 등나무도 죽었다는 것입니다. 그러면서 글은 욕망이 과하면 자신을 죽이고 곁의 사람

까지 죽인다는 내용으로 이어지는데, 글의 끝을 이렇게 맺고 있습니다.

[책상에 있는 사진을 보며 나는 이따금 나도 모르게 풀어진 마음의 끈을 조인다. 그러면서 소월의 시가 전하는 생의 비의를 헤아려 본다. 한 치 옆으로 비켜설 때 생의 공간은 의외로 넓게 열린다.] (조재도, 「넝쿨타령」)

④ 필자의 바람이나 소망 등을 기록합니다.

〈예〉

> 하늘이 담뿍 잿빛으로 흐리다. 바람이 먹장구름 한 장 몰아간다. 저 구름 지나는 곳에 비가 올 것이다.
>
> 바람이 구름을 몰아가듯 마음이 우리를 몰아간다. 사람의 오욕 칠정도 가만히 들여다보면 마음에서 일어나는 백태(百態)가 아니겠는가.
>
> 그렇다면 대체 마음의 작용은 어떻게 일어나는가. 생각을 감았다 푸는 사이 내가 만난 사람이 시몬느 베이유였다.

그는 이미 내가 품은 의문을 앞서 가졌으며, 명쾌한 통찰력으로 그 문제를 세상에 드러내었다.

마음의 작용도 사물의 물리적 작용과 다르지 않다. 풍선을 예로 들어 본다면 바람 넣은 풍선을 한쪽에서 누르면 맞은편 쪽이 튀어나온다. 누른 만큼의 에너지가 반대쪽에 가해져 그쪽이 그만큼 튀어나오는 것이다. 모든 에너지에는 원래의 상태로 자기를 보존하려는 법칙이 있기 때문이다.

마음의 작용에는 두 가지 모습이 있다. 하나는 어떤 사람의 마음이 외부의 힘에 의해 상처받게 되었을 때, 상처받은 만큼의 에너지를 그는 타인에게서 가져오려 한다. 속담에 '한강에서 뺨 맞고 어디 가서 분풀이 한다.'는 것이 그것이다. 상처받은 만큼 자신에게서 빠져나간 에너지를, 다른 사람에게 상처를 줌으로써, 다시 말해 다른 사람한테서 에너지를 가져다 보충함으로써, 그는 자신의 평형(平衡)을 유지하려 한다.

다른 하나는 외부로부터 받은 상처를 다른 곳(타인)에서 보상받지 못할 때 자기 자신에게서 보상받으려는 것이다.

노신의 『아Q 정전』에 나오는 아Q 같은 인물이 대표적인 경우인데, 아Q 는 한족에게 놀림을 당하거나 구타를 당해도 이른바 자기 스스로 개발한 자경자멸(自敬自蔑)의 '정신승리법'을 통해 어떤 상황에서도 늘 승리한다. 헛된 위안, 헛된 상상력으로 자신의 빈 공간을 채우기 때문이다.

타인의 에너지를 가져다 자기의 빈 공간을 채우려는 경향이나, 헛된 위안이나 상상력으로 역시 자기의 빈 공간을 채우려는 경향은 모두 중력(重力)에 무릎 꿇는 일이다. 중력이란 우리 안에 깃들어 있는 저급한 에너지(시기, 질투, 경쟁심 등)로 존재를 끝없이 낮은 곳으로 끌어내리는 힘이며, 앞의 두 경우는 모두 1차적 자기보존의 충동에서 조금도 벗어나지 못한 일로, 자신뿐만 아니라 자신을 둘러싼 세계의 표상마저 더럽히게 된다.

그렇다면 어떡해야 하는가? 우리는 자기의 훼손된 내부를 헛된 위안이나 타인에게서 구하려 하지 말고 훼손된 상태 그대로 견디어야 한다. 자신의 고통이 한 점 무(無)로 작아져 사라질 때까지, 고통스런 마음의 상태를 응시하며 견

더야 한다. 누구에게나 있게 마련인 중력에의 이끌림을 의식하고, 그러한 에너지의 흐름을 돌려, 스스로의 내부에서 한 점 무(無)가 되어 사라질 때까지 그 빈 공간을 응시하고 견디는 일, 그리고 그러한 힘을 지닐 수 있도록 신에게 간구하는 것.(왜냐하면 인간의 힘만으로는 그런 일을 해 내는데 한계가 있기 때문이다.)

세상은 여기서부터 맑아지지 않을까? 우리들이 중력의 작용으로부터 조금이나마 벗어나 훼손된 내부를 다른 무엇으로 채우려 하지 않고, 그 자체를 온전히 응시하며 견딜 때, 그곳에서부터 다른 차원의 세계가 열리지 않을까.

― 조재도,「세상이 맑아지는 자리」

⑤ 여운을 극대화합니다. 이는 특히 문학 작품(수필)에서 많이 쓰는 경우로, 글을 다 읽고 난 후 마치 동양화의 여백이 주는 멋에 빠져들게 하는 듯한 효과를 말합니다. 글을 능란하게 다루지 못하면 이 같은 정서의 낙차(落差)에서 오는 여운을 가져오지 못합니다.

[그러면 호박꽃 같은 램프의 불이 피어 있는 초가집 창가에서는 40여 년이 지난 지금에도 언제나 도란도란 이야기의 소리와 함께 호떡 씹는 소리가 그 방 안에서 잔잔히 들리어오는 것이었다. 그러나 이제는 그리운 내 동화 속의 이 초가집도 헐리어져 간 데 온 데 없고 가을비가 내리는 이 외로운 밤을 나는 진정 어디로 가야 한단 말인가?] (박문하, 「잃어버린 동화」)

이밖에도 인용하며 끝내기, 속담 등을 제시하며 끝내기, 독자의 행동을 유발하며 끝내기, 질문 형식으로 끝내기, 요약하고 제안하며 끝내기, 풍자 비평으로 끝내기 등 여러 방법이 있는데, 이 중 어떤 것을 선택하든 전체 글과의 균형 감각을 유지하면서 압축미를 고려해야 합니다.

조심해야 할 것은 끝 부분을 교훈적이거나 현학적, 자기과시로 끝내서는 안 됩니다. 또 결심이나 다짐 형식으로 끝내는 것도 경계해야 합니다. "(내가) ~~ 하겠다." 라든가, "~~해야겠다." 같은 형식이나, "~~해서 좋았다(행복했다), 혹은 슬펐다."와 같이 직접적인 감정 토로로 끝내면 글을 밋밋하고 허술하게 만듭니다.


## 2) 논술문 결론 쓰기

논술문에서 결론은 글의 종착점이자 글을 총괄하는 곳입니다. 또한 독자에게 그 글에 대한 강한 인상과 기억을 심어 줍니다. 따라서 적당한 곳에서 앞의 내용에 알맞도록 자연스럽게 글을 끝맺어야 합니다. 결론 쓰기의 몇 가지 유형에 대해 살펴보겠습니다.


① 요약으로 마무리하기 : 이 방법은 설명문이나 논설문에서 가장 많이 쓰입니다. 글에 안정감을 줄 수 있고, 요약을 잘한 마무리는 본문 내용까지도 짐작하게 합니다. 그러나 짧은 분량의 글에서 이 방법을 쓰면 산뜻한 인상을 주지 못 할 수도 있습니다.

[이상에서 언급한 바를 요약하면 다음과 같다. 만해 시의 중심을 이루는 '님'은 작품 자체에서 검출되는 바와 같이 '영원한 생명적 지주'라 볼 수 있다. 만해의 '님'은 조국이나 민족을 가리키는 것도 아니며, 불타나 중생을 가리키는 것도 아니며, 또한 조국과 불타의 복합적 의미도 아

니다. 만해 시의 궁극적 지향점인 '님'은 영원한 생명적 지주이며, 따라서 자기 구제의 정서적 지주인 것이다.]

② 요약하고 제언하기 : 이 방법에는 "~해야 한다, ~해 보자. ~될 것이다, ~할 것이다" 따위의 서술어가 주로 붙습니다. 본문 내용에 대한 다짐을 주고, 독자에게 행동을 촉구하거나 경고하는 효과가 있습니다. 그러나 도덕적으로 계몽하거나 훈계를 주는 듯한 인상을 주어서는 안 됩니다.

[지금까지 민속 씨름의 의미, 씨름이 옛 선조들의 생활에 어떻게 녹아 발전했는지에 대해 살펴보았다. 위에서 살펴본 내용을 항목별로 요약하면 다음과 같다. (중략) 끝으로, 현대 사회에서 씨름은 생활 스포츠로 더 깊이 뿌리내려야 한다고 본다. 이에 대해서는 추후 다른 지면을 통해 거론하기로 하겠다.]

③ 요약하며 보충하기 : 앞의 내용을 요약하고 빠진 부분을 보충합니다.

[나는 위에서 말의 힘과 말에 따르는 책임에 관해서 간

단히 말해 보았다. 이것은 이미 말한 바와 같이 우리의 삶을 위한 말의 창조적 역할을 이해하는 데 도움이 되고, 우리의 언어생활을 반성하는 계기가 되기를 바라는 뜻에서였다.

우리가 말의 창조적 역할을 이해하거나 각자의 언어생활을 반성하는 것은, 결국 우리의 생활을 더욱 아름다운 것으로 만들어 가는 데 큰 도움이 된다는 사실을 지적하고 이 글을 맺을까 한다.]

④ 전망으로 결론 쓰기 : 전망을 제시하면서 끝을 맺는 방법입니다.

[인류는 많은 어려움을 슬기롭게 극복하고 오늘의 문명을 이룩했다. 앞으로 닥칠 난관도 지혜를 모아 슬기롭게 대처하면 능히 헤쳐 나갈 수 있을 것이다. 우리가 미래를 밝게 긍정적으로 보고 보다 밝은 미래를 얻고자 노력한다면, 우리의 앞날은 한결 더 희망적일 것이다.]

⑤ 일반적 진술로 결론 쓰기 : 본문 내용을 일반화시켜 마무리하는 방식으로 주관적인 소리가 되기 쉽지만 글이

지닌 참된 의미를 찾아 주는 효과가 있습니다.

　[불은 모아 놓아야 합세해서 불길을 이루지, 흩어 놓으면 맥이 없다. 불은 불씨를 중심으로 어느 정도 양이 모일 때 무엇이나 태울 수 있다. 모든 사회운동에는 이러한 불의 원리가 깃들어져 있다. 작은 일이라도 여럿이 함께 할 때 진정한 운동의 성과가 나타날 수 있다.]

# 7
# 좋은 글과 나쁜 글

이 장에서 우리는 어떤 글이 좋고 나쁜지를 식별할 수 있는 '눈'을 기를 수 있습니다. 좋은 글의 요건에는 과연 무엇이 있을까요?

## 좋은 글

좋은 글은 우선 간결하고 재미있고 유익하고 친절한 글입니다. 간결하지 않으면 쉽게 뜻이 전달되지 않고, 재미가 없거나 친절하지 않으면 독자로부터 외면받기 쉽습니다.

좋은 글이 갖추어야 할 요건에는 많은 것들이 있습니

다. 그 가운데 꼭 필요한 것들을 중심으로 몇 가지 살펴 보겠습니다. (이하는「좋은 글의 요건」이라는 검색어로 인터넷 검색을 하여 나온 내용을 다시 요약한 것입니다.)

① 내용이 충실한 글

내용이 충실하다는 것은 쓰지 않으면 안 될 '무언가'가 있고, 그것이 '쓸 가치'가 있어야 한다는 뜻입니다. 쓸 게 별로 없는데 억지로 글을 쓰거나, 표현이나 기교에 지나치게 마음을 빼앗겼을 경우 내용이 충실하지 못한 글이 됩니다. 기교는 좀 서툴러도 내용이 충실한 글이 오히려 더 낫습니다. 그리고 내용이 충실한 글을 쓰려면, 도서관에서 자료를 찾거나, 다른 사람에게서 지식과 정보를 얻거나, 쓰려는 대상을 직접 관찰 조사하여 견문을 넓히는 것이 중요합니다.

② 참신한 글

참신하다는 것은 글이 독창적이라는 말입니다. 글의 참신함은 글에 글쓴이의 창의력이 담겼을 때 나타납니다. 글의 참신함은 크게 보아 주제와 표현 방법에서 나타납니다. 무슨 내용을 썼느냐와 그것을 어떻게 표현했느냐에 참신함이 나타납니다. 글의 독창성은 시, 소설, 수필 같은 문학 작품에서 특히 중요합니다.

글쓰기 초보자들이 처음부터 참신한 글을 쓸 수는 없습니다. 좋은 글을 많이 읽고, 많이 써보는 과정에서 자기만의 참신한 표현을 얻을 수 있습니다.

③ 진실한 글

좋은 글에는 진실한 내용이 담겨 있습니다. 그래서 독자들이 읽고 감동합니다. 진실은 마음을 움직이는 힘이 있기 때문입니다. '글은 마음의 거울'이라는 말이 있습니다. 이 말은 글에는 글쓴이의 온 정신, 생활, 온 마음이 들어 있다는 것입니다. 글을 쓸 때는 진실 되게 써야 합니다. 진지하게 구성하고, 소재를 수집하고, 적절한 단어와 표현을 찾는 일에 고심하면서 쓰고, 쓰고 나서는 몇 번이고 고치는 노력을 아끼지 말아야 합니다.

④ 명료한 글

글을 다 읽고 나서 의문점이 남았다면 좋은 글이 아님

니다. 무슨 내용을 썼는지 분명한 것이 좋은 글입니다. 모든 글을 쓰는 목적이 이해(설득)와 감동이기 때문입니다. 명료한 글이 되려면, 우선 내용이 논리에 맞도록 정리되어야 하겠지만, 이에 못지않게 쉽고 간결하게 쓰는 일이 중요합니다. 어쩔 수 없이 어려운 개념을 전달해야 할 경우라 해도, 되도록이면 친절히 뜻을 풀어서 써야 합니다. 글의 명료성은 설명문이나 논설문에서 특히 중요합니다.

⑤ 정확한 글

정확한 글이란 문법에 맞도록 쓴 글을 말합니다. 글은 어법에 맞도록 써야 합니다. 우리가 일상적으로 말할 때는 어법에 대해 크게 신경 쓰지 않습니다. 그러나 글쓰기 초보자일수록 일정한 표준어법, 구문의 원리에 맞게 글을 쓰는 훈련을 해야 합니다. 정확한 어휘를 구사하는 일도 중요합니다. 일찍이 플로베르는 "하나의 사물에는 하나의 언어(一物一語說)"만이 존재한다는 설을 주장한 바 있습니다. 정확한 어휘 선택은 글을 명료하게 쓰는 데 기본이 됩니다.

⑥ 경제적인 글

최소의 노력으로 최대의 효과를 얻고자 하는 경제 원리는 글에도 적용됩니다. 필요한 자리에 꼭 필요한 만큼 글을 쓰는 것이 글의 경제성입니다. 말이 많으면 글이 장황해져 전달 효과를 떨어뜨립니다.

⑦ 일관된 글

일관성은 글의 시작부터 끝까지 글쓴이의 관점, 난이도, 형식적 요건(어조, 문체, 내용) 등이 변함없이 일률적인 것을 뜻합니다. 글쓰기 초보자일수록 이 일관성을 지키기 어렵습니다. 처음 시작할 때의 어투와 중간 부분, 끝 부분으로 갈수록 그 어조가 마구 변하는 경우가 많습니다.

⑧ 자연스러운 글

'천의무봉(天衣無縫)'이라는 말이 있습니다. 천사가 지은 옷에는 바느질 자국이 없다, 는 뜻입니다. 그만큼 자연스럽다는 말인데, 글에서 자연스러움은 글의 흐름이 순탄한 동시에 거슬리는 어구가 없어 이해하기에 순조로운 것을 뜻합니다. 지나치게 기교를 부리거나 현학적인 냄새를 풍기려다가는 부자연스러운 글을 쓰기 쉽습니다. 그러니까 자연스러움이란 '가식(假飾)' 없음을 뜻합니다. 억지로 꾸며 돋보이려 할 때, 그것은 부자연스럽고 또 사실이 아닌 가짜라는 것이 금방 드러납니다.

이 같은 요소 외에 군더더기(불필요한 접속사나 수식어 등)가 없는 글, 표현이 구체적인 글(정말 오래 기다렸다 → 두 시간 반이나 기다렸다.), 설명보다는 묘사하는 글 (그녀는 미인이다. → 그녀는 눈이 서글서글하다.), 구체적인 에피소드가 들어 있는 글, 애매한 표현(많은 참가자, 이제 거의 다 왔다, 눈부신 발전, 틀림없는 약속 등)이 없는 글이 좋은 글이라 하겠습니다.

**나쁜 글**

나쁜 글은 좋은 글이 갖고 있는 요소가 결여된 글입니다.

① 접속어 남용

접속어(그리고, 그러나, 왜냐하면, 이를테면, 따라서, 곧, 즉 등)는 문장과 문장을 이어 주는 역할을 합니다. 글에서는 가능한 접속어를 쓰지 않는 게 좋습니다. 접속어를 써서 문장을 길게 이어 주는 대신 문장을 짧게 쓰는 게 좋습니다. 예를 들면,

[오늘 아침 일찍 도서관에 갔다. 그런데 비가 오고 있었다. 그래서 집에 전화를 걸어 우산을 가져오라고 했다. 그런데 집에 아무도 없었다.]

지나치게 접속어를 많이 사용했습니다. 아예 접속어를 빼는 게 좋습니다.

→ 오늘 아침 일찍 도서관에 갔다. 비가 오고 있었다. 집에 전화를 걸어 우산을 가져오라고 했다. (그런데) 집에 아무도 없었다.


② '~적, ~것, ~의' 남용

자기도 모르게 쓰는 이 같은 말을 남용하지 말아야 합니다.

[사회적 문제] → 사회 문제

[인생이란 것을 한 마디로 정의한다면~]

→ 인생을 한 마디로 정의한다면~

[그동안의 생활습관을 고쳐 보아라.]

→ 그동안 생활습관을 고쳐 보아라.


특히 '의'의 남용을 조심해야 합니다. 그래서 저는 글을 다 쓴 다음 고칠 때 컴퓨터 찾기 기능으로 '의'를 찾아 불필요한 경우 모두 삭제합니다. 글에서 '의'만 삭제해도 문장에 단단해지고 탄력이 살아납니다.

[우리나라의 축구선수들은 팀웍이 없다. ]

→ 우리나라 축구선수들

[컴퓨터의 활용법] → 컴퓨터 활용법

[문장의 지도교사] → 문장 지도교사

[인간성의 상실] → 인간성 상실

[최선의 노력을 다해 달라.] → 열심히 노력해 달라.

[신문의 사설 면] → 신문 사설 면

[민주주의의 적] → 민주주의 적

[수학여행의 계획] → 수학여행 계획

[오늘의 우리에게] → 오늘 우리에게

[피동형의 문장에는] → 피동형 문장에는

[산업의 혁신을 이룬 중기기관]

→ 산업 혁신을 이룬 중기기관

[세계 최대의 관광도시] → 세계 최대 관광도시

[치매 초기의 어머니를 홀로 모시는 중년 아들의 6년간의 기록]

→ 치매 초기인 어머니를 홀로 모시는 중년 아들이 쓴 6년간 기록


③ 중복되는 표현

[직장에 나갈 수 있고 일을 할 수 있고 그래서 돈을 벌 수 있다는 게 얼마나 다행한 일이냐.]

→ 직장에 나가 일을 하고 돈을 벌 수 있다는 게 얼마나 다행한 일이냐.


④ 애매한 지시어

[그 어느 때보다 중요하다.]

→ 어느 때보다

[그 얼마나 힘든 일인가.] → 얼마나

[그 무엇보다도 중요하다.] → 무엇보다도

⑤ 겹치는 조사

[고양이는(의) 눈이 동그랗다.]

→ 고양이 눈이 동그랗다.

[일해서 번 돈으로 그것을 구입한 것으로 밝혀졌다.]

→ 일해서 번 돈으로 그것을 구입한 것이 밝혀졌다.


⑥ 군더더기가 많은 문장

군더더기를 덜어 내야 글의 의미가 분명해지고, 힘이 강해집니다. 글의 군더더기는 자신이 없어 불안하거나 습관적으로 쓰는 데서 오는 경우가 많은데, 글을 퇴고할 때 세밀하게 살펴 수정해야 합니다. 예를 들면,

[이제 우리 사회를 불안하게 만드는]

→ 우리 사회를 불안하게 하는

[감사해 하고 있습니다.] → 감사합니다.

[그렇게 하는 게 좋을지 모르겠습니다.]

→ 그렇게 하는 게 좋겠습니다.

[그 말이 진실이라고 말할 수는 없지 않을까 모르겠다.]

→ 그 말이 진실이라고 말할 수는 없다.

[할 수 없는 일이 아닐 수 없습니다.]

→ 할 수 없는 일입니다.

[믿어 의심치 않고 확신한다.] → 확신한다.

[바쁘게 일했지만 그랬지만 형편은 나아지지 않았다.]

→ 바쁘게 일했지만 형편은 나아지지 않았다.

[IMF 그 무렵 이후부터 발생한 일이다.]

→ IMF 이후부터 발생한 일이다.

[올해에는 무슨 일이 있어도 반드시 결혼을 해야겠다.]

→ 올해에는 반드시 결혼을 해야겠다.

[국회의원은 서민의 입장에서 법을 제정해 주는 사람이기도 하다.]

→ 국회의원은 서민의 입장에서 법을 제정해 주는 사람이다.

["높이 나는 새가 멀리 본다"라는 말이 있다. 자신이 사는 곳에 안주하지 말라는 말이다. 그러나 오늘날 많은 사람이 자신이 사는 현실에 안주할 뿐, 이상을 갖지 않는다. 이상은 인간을 한 걸음 더 앞으로 나가게 한다.]

→ "높이 나는 새가 멀리 본다"고 했다. 안주하지 말라는 말이다. 오늘날 많은 사람들이 이상을 갖지 않는다. 이상! 그것은 인간을 한 걸음 더 앞으로 나가게 한다.

⑦ 피동형 문장

피동이란 어떤 동작을 받는다, 당한다는 말입니다. 그런데 우리말은 [주어가 ~~한다]와 같은 어문 구조로 되어 있습니다. 피동형 문장은 우리말의 구조와 맞지 않습니다. 영어의 수동태 같은 문장이 피동형 문장인데, 자기도 모르게 피동형 문장을 쓰는 것은 번역투 문장의 영향 때문이 아닌가 합니다.

[권한이 주어진다면~ ] → 권한을 준다면

[합창단에 의해 불려진 노래] → 합창단이 부른 노래

[정해진 목표에 의해 실시됩니다.]

→ 정해진 목표에 따라 실시합니다.

[불리어진(불리다, 지다, 이중피동) 노래]

→ 불리는 노래, 부르는 노래

[학생들에게 책을 읽히는 방법]

→ 학생들이 책을 읽게 하는 방법


⑧ 멋없이 긴 문장

글은 짧은 문장을 중심으로 하면서 긴 문장을 섞어서 쓰는 게 좋습니다. 의미 전달뿐만 아니라 읽는 이의 호흡을 위해섭니다. 또 한 문장에는 한 가지 생각을 담는 게 좋습니다(一文一思). 문장이 길면 군더더기가 많아지고, 문맥에 혼란을 가져와 의미전달이 모호하게 됩니다.

[지난 지하철 참사의 악몽이 가시기도 전에 일어난 이번 사고는 지하철 공사의 출퇴근 시간의 과도한 지하철 운행과 시민들의 안전의식 불감증이 불어온 결과이다.]

위 문장은 세 문장으로 나눠 써야 합니다.

→ 이번 사고는 지난 지하철 참사의 악몽이 가시기도 전에 일어난 것이다. 지하철 공사의 출퇴근 시간 과도한 지하철 운행이 사고를 불러왔다. 또한 시민들의 안전의식 불감증이 불어온 결과이기도 하다.


⑨ 표현이 애매한 문장

[그는 대학 졸업 후 앞으로 어떻게 살 것인가 하는 미래에 하고 싶은 계획을 상담하러 상담실에 들렀다.]

위 문장은 불필요한 내용이 들어 있어 뜻이 애매해졌습니다. 이렇게 고치는 게 좋습니다.

→ 그는 대학 졸업 후 어떻게 살 것인가를 상담하기 위해 상담실에 들렀다.

[이번 선거에서는 그래도 희망을 보았습니다.]

이 문장도 마찬가지입니다. 어떤 희망을 보았는지가 애매합니다.

→ 이번 선거에서는 그래도 <u>다시 뛰면 될 거라는</u> 희망을 보았습니다

⑩ 번역투 문장

앞의 ⑦에서 말한 '피동형 문장'과 같은 의미로 부지불식간에 많이 쓰는 표현입니다. 번역투 문장에는 비인칭 주어가 사용되며, 관계사 등에 의해 글이 안으로 말리는 구조로 되어 있습니다. ~를 행한다, ~를(을) 갖는다, ~를 시키다, 등의 표현도 번역투 문장에서 흔히 나타나는데 삼가는 게 좋습니다.

[집권내각에 의해 나폴레옹이 황제로 선출됨은 영광스런 일이었다.]

이 문장에서 주어는 비인칭 주어 '선출됨은'이고, 서술어는 '일이었다'입니다. 이 문장을 자연스럽게 고치면 "나폴레옹은 집권내각에 의해 황제로 선출되었는데, 그것은 영광스런 일이었다."가 됩니다. 위 문장은 말리는 구

조로, 아래 문장은 풀리는 구조로 되어 있습니다. 이 외에도,

[수업을 보다 즐겁게 하기 위함이니, 좋은 의견을 내주십시오.]

→ 즐거운 수업이 되도록 좋은 의견을 말씀해 주십시오.

[다음 달 말일에 산행을 가지려고 합니다.]

→ 산행하겠습니다. 산행합니다.

[오늘 중으로 하지 않으면 안되겠습니다.]

→ 오늘 중으로 하세요. 해 주세요.

[사전에 교통량 조사를 행한 후에]

→ 사전에 교통량 조사를 한 후에

[10시부터 입학식을 갖도록 하겠습니다.]

→ 하겠습니다.

[계획을 구체화시켜 보고하세요.]

→ 계획을 자세히 짜 보고하세요.

[홍보활동이 계속 되어야 합니다.]

→ 홍보활동을 계속 합시다.

[시간 부족으로 인해서] → 시간이 부족해서

[자원 고갈로 인해] → 자원이 고갈되어

[대전에서 어린이 동요대회가 열리겠습니다.]

→ 동요대회를 열겠습니다.

[학생으로서의 생활 자세의 성실함을 아무리 강조해도 지나침이 없을 것이다.]

→ 학생은 성실한 생활 자세를 가져야 한다, 학생은 성실하게 생활해야 한다.

[한국의 남성은 국방의 의무로부터 자유로울 수 없다.]

→ 한국 남성은 국방의 의무를 다해야 한다.

[콜롬버스에 의해 발견된 아메리카]

→ 콜롬버스가 발견한 아메리카


⑪ '~화되다', '~적, ~화, ~성, ~의, 수, 것'과 같은 말 남용.

[이제 택배 수령은 일상화된 일이다.]

→ 이제 택배 수령은 일상이 되었다.

[상대방의 수비를 무력화되게 하자.]

→ 상대방의 수비를 무력화시키자.

부분적, 보편적, 비교적, 형식적, 정보화, 일반화, 특수

화, 우상화, 정직<u>성</u>, 필요성, 상대성, 객관성, 있을 <u>수 없</u>
<u>는</u>, 할 <u>수 있는</u>, ~<u>할 것이다</u>, 등과 같은 말의 남용.

　글을 읽을 때 위에서 제시한 나쁜 문장의 요소들이 발
견되면 어떨까요? 한두 번이 아니라 여러 번 계속 반복해
서 나온다면? 그 글은 읽고 싶지 않은 글이 됩니다. 글을
썼는데 독자들이 외면한다면 쓰나마나한 글이 되겠죠?
처음 글을 쓸 때는 자기도 모르게 위와 같은 표현들이 나
올 수 있습니다. 그러나 글을 다 쓴 다음 고칠 때 이러한
문제가 눈에 띄면 반드시 고쳐야 합니다. 두 눈을 부릅뜨
고 찾아내야 합니다. 자기가 쓴 글을 자기가 고칠 수 있
기 위해서는 자기 스스로 글을 보는 '안목'을 길러야 합니
다. 그렇게 될 때까지 부단히 쓰고 고치는 훈련을 게을리
해선 안 됩니다.

# 8
# 좋은 문장 쓰기

글을 잘 쓴다는 것은 곧 문장을 잘 쓰는 일입니다. 어떻게 하면 문장을 잘 쓸 수 있을까요?

 

 

문장이란 하나의 생각이 들어 있는 글의 단위입니다. 앞에서 여러 이야기를 했지만, 글을 쓴다는 것은 문장을 쓰는 것입니다. 문장이 모여 문단이 되고 그것이 곧 글이 되니까요.

문장은 의미를 전달하는 기능과 감화 기능이 있습니다. 이 가운데 의미전달 기능이 우선이고 그 다음에 감화 기능입니다. 어떤 문장을 읽고 그 문장의 뜻을 이해했다면 의미가 전달된 것이고, 나아가 마음의 울림 즉 감동까지 받았다면 감화된 것입니다. 그러니까 우선 문장이란 무슨 말인지 그 뜻이 이해되어야 합니다. 어떤 문장은 무슨 뜻인지 이해하기 어려운 경우가 있는데, 좋지 않은 문장입니다. 그러나 이 두 가지 순서가 분리된 것은 아니며, 좋은 문장은 읽는 순간 뜻을 이해함과 동시에 감흥이 일어납니다.

좋은 문장을 쓸 수 있는 능력을 '문장력'이라고 합니다. 좋은 문장이 되려면 표현력과 설득력이 있어야 합니다. 설득력은 논리적인 설득뿐만 아니라 감성적인 설득까지 말합니다. 머리로는 이해하겠는데 마음이 따라 주지 않는다면 감성적 설득에는 실패한 것입니다.

문장에는 좋은 문장, 나쁜 문장, 이상한 문장이 있습니다. 이상한 문장과 나쁜 문장은 다 같이 나쁜 문장입니다. 좋은 문장으로 이루어진 글이 좋은 글입니다. 앞 장 「좋은 글과 나쁜 글」에서 설명한 내용과 중복될 수도 있지만, 여기서는 좋은 문장 쓰기에 대해 필요한 내용을 제 경험을 바탕으로 좀 더 구체적으로 이야기하겠습니다.

## 좋은 문장 쓰기

좋은 문장은 우선 끌리는 문장입니다. 주제가 새롭다든지, 표현이 참신하다든지, 감성적 문장으로 독자를 사로잡는다든지 하여 매력을 느끼게 하는 문장이 좋은 문장입니다.

짧은 문장일수록 좋습니다. 꼭 그런 것은 아니지만 짧아야 내용의 중복과 군더더기가 없고 전하고자 하는 뜻이 분명해집니다. 초보자일수록 문장을 길게 쓰려는 경향이 있는데 이는 자기가 쓰는 글에 대해 아무 생각 없이 떠오르는 대로 쓰기 때문에 그렇습니다. 또 문장을 길게 써야 문장력이 있다고 생각하기 쉬운데 그렇지 않습니다. 짧게 폭발력 있게 쓰는 게 더 어렵습니다. 좋은 문장을 쓰는 데 필요한 몇 가지를 살펴보겠습니다.

① 하나의 문장에 한 가지 생각을 나타내는 게 좋습니다. 그래야 나타내고자 하는 바가 뚜렷해집니다.

[햇빛이 뜨겁게 내리쬐었고 그늘 한 점 없었으므로 나는 땀을 비 오듯 흘리며 앞을 향해 걸었다.]

이 문장은 다음과 같이 짧은 문장으로 나누는 게 좋습니다.

→ 햇빛이 뜨겁게 내리쬐었다. 그늘 한 점 없었다. 나는 땀을 비 오듯 흘렸다. 나는 앞을 향해 걸었다.


② 어휘, 표현이 쉽고 자연스러우며, 문법(특히 문장에서 주어–서술어, 수식어–피수식어)에 맞고, 맞춤법, 띄어쓰기가 올바른 문장이 좋은 문장입니다. 문장의 흐름을 '문맥(文脈)'이라고 하는데, 어려운 한자 말 같은 개념어를 많이 쓰면 문장에 피가 돌지 않습니다.

[너나없이 급식비를 무료로 하는 것은 포퓰리즘적 발상이다.]

포퓰리즘적 발상, 어려운 외래어입니다. →'대중인기를 노린'으로 바꾸면 좋습니다.

[우리 경제의 패러다임]

패러다임도 마찬가지입니다. 이런 말을 써야 글이 된다고 생각한다면 큰 잘못입니다. 자기 지식을 뽐내는 과시욕에 다름아니니까요. →'주기'라는 말로 바꿔야 합니다.

③ 중요한 내용이 앞에 오도록 하는 것도 좋은 문장 쓰기의 요령입니다.

[광한이는 이제 중학생이 아니라 어엿한 고등학생이다.]

→ 광한이는 이제 어엿한 고등학생이지 중학생이 아니다.


④ 부정문보다는 긍정문으로, 이중부정은 긍정으로 표현합니다.

[복도에서 담배 피우지 마세요.]

→ 담배는 지정 장소에서 피워 주세요.

[노력하지 않으면 성공하지 못한다.]

→ 노력하면 성공한다.

[누구나 행복하길 바라지 않는 바 아니다.]

→ 누구나 행복을 바란다.

[중요한 것은 실력이라고 아니치 못할 것이다.]

→ 중요한 것은 실력이다.


⑤ 주어 – 서술어가 분명하고, 수식어는 피수식어 앞

에 놓여야 합니다. 주어(누가, 무엇이)와 서술어(어떠하다, 어찌하다, ~이다)는 문장의 두 기둥입니다. 우리말에는 주어가 생략되는 경우가 많은데, 이 경우에도 의미 전달에 방해가 되지 않는 범위에서 생략되어야 합니다.

또 좋은 문장 요건으로 3C, 혹은 ABCDE 5원칙을 들기도 합니다.

---

3C = Clear(분명), Correct(정확), Concise(간결)

ABCDE 5원칙 = Attractive(매력), Brief(간명), Correct(정확), Dignified(품위), Easy(평이)

---

위 내용은 좋은 문장을 말할 때 계속해서 나오는 요건들입니다. 어떤 게 좋은 문장이냐를 물었을 때, 어떤 책을 보거나 누구에게 물어도 똑같은 답이 나오는 내용입니다. 앞서 말한 내용과 다소 중복되기도 하지만 다시 한 번 좋은 문장이 갖추어야 할 요건에 대해 살펴보겠습니다.

① 정확해야 합니다.

문장은 맞춤법과 어법(문법)에 맞아야 합니다.

[그 사람이 미쳤다](○)  [등록금이 미쳤다](×) [착한 가격에 드립니다.] (×) [미친 전셋값] (×)  [그림을 그린다.](○) [미술을 그린다.](×) [큰 소리로 말한다.](○)

[웅변을 말하다.] (×)

[우리 아이는 엄마 젓을 먹고 자랐어요.] → 젖

[내 생각은 너하고 틀려.] → 달라.(다르다 / 틀리다)


② 명료해야 합니다.

문장의 의미가 분명해야 합니다. 그러기 위해서는 쉬운 단어 문장을 쓰고, 어려운 한자어나 외래어를 삼가는 게 좋습니다.

[예부터 내려오는 적폐를 일소해야 합니다.]

→ 지금까지 내려오는 나쁜 폐단을 씻어 내야 합니다.

[AB 부대는 군의 정보화의 중요성을 인식, 장병들의 활기찬 병영생활과 군 제대 후를 대비하기 위해 정보화 교육장과 PC방을 이미 설치 운영해 오고 있는 부대는 이제 간부 아파트와 독신자숙소(BOQ)등에 ADSL(인터넷 전용망)을 구축했다.]

무슨 말인지 의미가 정확히 전달되지 않습니다. 이렇게 고치는 게 좋습니다.

→ AB 부대는 군의 정보화 중요성을 인식, 장병들의 활기찬 병영생활과 군 제대 후를 대비하기 위해 정보화 교육장과 PC방을 이미 운영해 오고 있다. 그러던 차에 이 부대는 간부 아파트와 독신자 숙소(BOQ) 등에 ADSL(인터넷 전용망)까지 구축했다.


③ 구체적으로 표현해야 합니다.

표현이 구체적일수록 좋은 문장입니다. 개인의 에피소드가 적절히 가미된 경우, 비유가 감각적으로 표현된 경우 좋은 문장입니다.

[너무 추워서 숨이 막힌다.]

→ 어찌나 추운지 손이 문고리에 쩍 달라붙는다.

'손이 문고리에 쩍 달라붙는다.'는 감각적 표현을 통해 추운 날씨를 표현했습니다.

[상품이 날개 돋친 듯이 팔렸다.]

→ 상품이 5분 만에 다 팔렸다.

'날개 돋친 듯이'는 흔히 쓰는 진부한 표현입니다.

[수없이 많은 사람들이 모였다.]

→ 사람들이 나무 위에 올라갈 정도로 많았다.

'수없이 많은 사람들'은 애매한 표현입니다.

[교통사고는 특히 가을에 많이 일어난다. 따라서 가을 행락 철에 교통사고를 조심해야 한다.]

나타내고자 하는 바를 실제의 예를 들어 이야기하면 훨씬 실감나게 다가옵니다.

→ 어제 집에 가는 길이었다. 길가에 심어 놓은 은행나무가 노란 잎을 떨구고 있었다. 골목을 돌아 나오는데 그 때 난데없이 자동차의 급브레이크를 밟는 소리가 귀청을 찢었다. 우리나라 교통사고는 가을에 많이 일어난다고 한다. 행락철인 가을에 특히 교통사고를 조심해야겠다.


④ 전문성

여기서 말하는 전문성이란 전문가가 쓴 글만을 의미하는 것이 아니라, 좋은 글이 갖추어야 할 요건을 말합니다. 같은 단어가 계속 반복되거나, 내용이 중언부언 무슨 말인지 갈피를 잡기 어려우면 안 됩니다. 구어체(입말)적 표현도 삼가야 합니다. 글은 말하듯이 자연스럽게 써야 하지만 말과 글이 같을 수는 없습니다. 말할 때는 생각을 떠올리거나 호흡을 가다듬기 위해 별다른 의미가 없는 말이 많이 쓰이고, 입에 밴 말들이 반복해 사용되기도 합니다. 그러나 글에서 이런 구어체적 표현이 나오면 읽을 맛이 뚝 떨어집니다. 글은 어디까지나 글로서의 품격을 갖추어야 합니다.

[나는 서울에서 태어나서 방배동에서 살았다.]

같은 단어가 반복되면 글의 탄력이 없어집니다.

→ 나는 서울에서 태어나 방배동에 살았다.

[그렇게 몰려다니다 사고가 나가지고]

구어체적 표현입니다. 이렇게 쓰는 게 좋습니다.

→ 그렇게 몰려다니다 사고가 나서

[선물을 받고 감격해 하는 양노원 노인들]

→ 선물을 받고 감격하는 양노원 노인들

[그가 나한테 어디 갔었냐고 물었다.] → 나에게

[지진이 와 가지고 할 수 없이 피란을 갔다.]

→ 일어나서

[거칠은 들] → 거친 들

[하늘을 날으는 새] → 나는

[땀에 절은 옷] → 전

[생긴 건 그런대로 봐 줄만했는데 말하는 게 영 그게 아니었다.]

→ 생긴 건 마음에 들었는데 말하는 게 좋지 않았다.

[자신의 잘못을 인정 안 하는 사람은 발전이 없다.]

'인정 안 하는'은 구어체이므로 '인정하지 않는'으로 써야 합니다.

[네가 그렇게 한 행동이 이해 안 되는 것은 아니야.]

→ 네가 그렇게 한 행동이 이해되지 않는 것은 아니야.

[일이 이렇게 된 것은 미리 대책을 안 세운 때문이다.]

→ 일이 이렇게 된 것은 미리 대책을 세우지 못한 때문이다.

[부모는 자녀가 명문대를 못 들어가면 자신의 품위가 손상되지 않을까 전전긍긍한다.]

→ 부모는 자녀가 명문대에 들어가지 못하면 자신의 품위가 손상되지 않을까 전전긍긍한다.

우리는 흔히 '명문대를 못 가면'이라고 하는데, '명문대를'은 명문대에, '못 가면'은 가지 못 하면으로 써야 합니다.

[근데 말야. 걔 어쩜 그리 답답하니?]

→ 그런데 말이야. 그 애 어쩌면 그리 답답하니?

[일요일 날 집 <u>소독을 받으세요.</u>]

→ 일요일에 집을 소독하세요.

[돈이 얼마나 들지 <u>짐작도 하지 못한다.</u>]

→ 짐작하지 못한다.


⑤ 글꼬리를 분명하게

글에는 주어가 포함된 '주어부'와, 서술어가 포함된 '서술부'가 있습니다. 글쓰기에 자신이 없을수록, 혹은 상대방에게 자신을 낮춘다는 의미에서 문장의 끝부분을 애매하게 표현하는 경우가 많습니다. 문장의 끝 부분은 의미를 분명히 해야 합니다. 그렇게 해야 이해를 빨리 하고, 설득과 공감을 이끌어낼 수 있습니다.

[그 일의 정치적 배경을 <u>살펴보도록 하자.</u>]

→ 살펴보자.

[정치적 배경에는 크게 세 가지가 <u>있음을 알 수 있다.</u>]

→ 세 가지가 있다.

[그를 보니 우리 아버지를 보는 <u>것 같은 느낌을 받게 된다.</u>] → 보는 것 같다.

[그 일을 하는 게 좋을 것 같은데요.]

말하고자 하는 바를 완곡하게 표현하는 것 같지만 불필요합니다.

→ 그 일을 하는 게 좋아요(좋겠어요).

[그가 한 일이 엄청난 결과를 낳은 셈이다.] → 낳았다.

[치매로 돌아가신 어머니를 보며 나는 어떻게 살고 죽어야 하나에 대해 생각하지 않을 수 없었다.] → 생각했다.

[저도 이 옷을 좋아하는 것 같아요.] → 좋아해요.


⑥ 수식어는 꾸미는 말과 가까이 놓습니다.

[아름다운 까만 눈을 가진 소녀.]

"아름다운"이 꾸며주는 것이 "눈"인지, "소녀"인지 알 수 없습니다.

→ 까만 눈을 가진 아름다운 소녀.

[당근을 냉장고에 갈아서 넣었다.]

→ 당근을 갈아서 냉장고에 넣었다.


⑦ 조사를 바르게 구분하여 씁니다.

앞서 말한 대로 우리말에는 '조사'라는 단어가 있습니

다. 우리말에만 있는 특수한 기능을 하는 단어인데, 조사
는 뜻이 없이, 앞말과 뒷말을 이어 주는 역할을 합니다.
그러나 그 쓰임에 따라 문장의 뜻이 완전히 달라질 만큼
중요한 역할을 합니다.

[그는 공부만 잘한다.]

[그는 공부도 잘한다.]

위 두 문장에서 다른 점은 조사 '만 / 도' 뿐입니다. 그
러나 문장의 의미는 완전 다릅니다. 위 문장은 다른 것은
다 못하는데 공부 하나 잘한다는 의미이고, 뒷 문장은 다
잘하는데 공부까지 잘한다는 뜻입니다.

조사의 쓰임에 대해서만도 여러 장을 할애해야 할 만
큼 쓸 내용이 많지만, 여기서는 그 맛보기로 몇 가지 예
만 들어보겠습니다.

주격 조사는 문장에서 어떤 말을 주어로 만들어주는
역할을 하는 조사인데, 흔히 '~은, ~는, ~이, ~가'가 있
습니다. 그런데 같은 주격 조사라 할지라도, '~은, ~는'
과 '~이, ~가'는 의미상 기능이 다릅니다.

[그는 외로우면 산책을 한다.]

[그가 외로우면 산책을 한다.]

위 두 문장의 차이는 주격 조사 '~는 / ~가'입니다. 그런데 첫 문장에서 '그는'은 '외로우면'보다는 뒤에 있는 '산책을 한다.'에 걸립니다. 다시 말해 '그는 (외로우면) 산책을 한다.'가 문장의 중심이죠. 반면에 뒷 문장은 '그가 외로우면 (산책을 한다)'로 '그가'가 앞의 말 '외로우면'에 걸립니다. 곧 조사가 어떻게 쓰였느냐에 따라 어느 것을 강조하느냐 하는 의미의 차이가 일어납니다.

조사 '~에 / ~에서'의 경우도 그렇습니다.

[서울역에 모여 출발했다.] (○)

[서울역에서 모여 출발했다.] (×)

조사 '에'는 단순한 장소를, '에서'는 ~로부터, ~에서 등 방향이나 원인을 나타낼 때 씁니다. 위 문장의 경우 모인 장소가 서울역이기 때문에 조사 '~에'를 써야 합니다.

반면 '~에서'의 경우, [서울역에서 출발해 의정부로 갔다.], [시장에서 옷을 샀다.], [나쁜 환경에서 살 수 없다.], [그런 뜻에서 한 일이 아니다.]와 같이 쓰일 수 있습니다.


⑧ 높임말을 바르게 씁니다.

요즘 일상생활에서 가장 오염도가 심한 말이 바로 높

임말의 남용입니다.

[행사가 끝나셨습니다.]

[저쪽에 자판기가 있으세요.]

[그런 제품은 없으십니다.]

[주문한 커피 나오시면 연락이 가실 겁니다.]

[3천 원이신데요, 3천 원 되시겠습니다.]

[이 물건이 더 좋으십니다.]

[물건이 다 팔리셨어요.]

[그 책은 저쪽 책꽂이에 꽂혀 있으세요.]


생각나는 대로 적어 본 예입니다. 실제 생활에서 잘못 쓰인 높임말은 더 많습니다. 병원, 상점, 가게 등에서 특히 그러한데, 아마도 고객을 높인다는 발상에서 그러는 것 같으나 이는 잘못된 표현입니다.

높임말에 쓰이는 '~시'는 원래 동사에 붙어 쓰입니다. 가세요, 오세요, 드세요, 누우세요 등 동작을 나타내는 말(동사)에 붙어 그 주체를 높일 때 씁니다. 따라서 주체가 말하는 이보다 손윗사람인 경우 높임말을 써야 합니다. 위에서 예로 든 문장들은 모두 높임말이 잘못 쓰인 경우입니다.

ⓩ 서술어를 다양하게 합니다.

문장에서 서술어는 주어에 대해 '어찌하다, 어떠하다, 무엇이다'에 해당하는 말입니다. 서술어를 다양하게 한다는 말은 서술어에 붙는 어미(語尾)를 다양하게 하라는 뜻입니다. "다다다" 문장이라는 게 있습니다. 문장 끝이 모두 '다'로 끝나는 문장입니다. 이렇게 되면 문장에 변화가 없어 지루하고 탄력이 없어집니다. 서술형(~다), 의문형(~가, 까), 명령형(~해라), 감탄형(~구나, ~네) 명사형(ㅁ, 음) 등 여러 어미를 적절히 사용하여 글의 변화를 꾀하는 게 좋습니다.

[차들이 가다 서다를 반복하고 있습니다.]

[차들이 차간 거리를 촘촘히 유지하고 있는데요.]

[차들이 제 속도를 못 내고 있습니다.]

[차들이 거북이 운행을 계속하는데요.]

모두 도로에 차가 밀린다는 이야기입니다. 그렇지만 어느 경우도 '차가 밀린다'고 이야기하지 않습니다. 같은 내용을 여러 형태로 다르게 표현함으로써 변화를 주고 있습니다.

아래 예문은 명령형 어미(~라)와 조건형 어미(~면)

의 반복으로 문장이 끝나고 있습니다. 그 변화를 한번 느
껴 보시기 바랍니다.

---

**사랑한다면**

조재도


홀로 살아라

깊이로 살아라

가지 않은, 그러나 가야 할 길을

따복따복 혼자서 개체로 가라


그리하여 만나라

사랑의 통뿌리 외로움으로 만나라

졸아드는 간장 빛 그리움으로 만나라

따끈따끈한 바닷가 바위

섹스로 만나고

숫눈 내린 새벽 길 함께 걸으며 만나라

---

그리하여 만나라

사랑한다면

보랏빛 제비꽃 꽃잎 앞에서

쪼그려 앉아 만나고

초가을 햇볕처럼 속살 파고들며 만나라


사랑한다면

그물을 빠져 나가는 바람처럼

둑을 타고 넘는 물살처럼


세 뼘 남짓한 스탠드 불빛 아래

늦도록 서로의 영혼을 경작하고

그리하여 만나라

일생토록 혼절할 듯 만나라

사랑한다면

– 시집, 『사랑한다면』 중에서

# 1
# 글 고치기(퇴고)

글쓰기에서 글을 잘 쓰는 만큼 중요한 일이 글을 잘 고치는 일입니다. 글은 고칠수록 완성도가 높아집니다. 글쓰기에서 글고치기는 절대 생략할 수 없습니다.

글 고치기와 같은 의미로 사용하는 단어가 '퇴고(推敲)'입니다. 퇴고라는 말을 잘 모르는 경우가 있어 그 말에 대한 의미부터 이야기하겠습니다. 글 고치기라는 말보다 오히려 퇴고라는 말을 더 많이 쓰기 때문입니다.

퇴고라는 말은 민다는 뜻의 '퇴(推)' 자와 두드린다는 뜻의 '고(敲)' 자로 되어 있습니다.

퇴고라는 말에는 다음과 같은 고사(故事)가 있습니다.

옛날 중국의 당나라 때 시인 가도(賈島)가 말을 타고 길을 가는데 좋은 시상이 떠올라 즉시 메모했습니다.


한거소린병(閑居少隣竝)   이웃이 드물어 한적한 집
초경입황원(草徑入荒園)   풀이 자란 좁은 길은 거친 뜰로 이
                        어져 있네.
조숙지변수(鳥宿池邊樹)   새는 연못 가 나무에 깃들고
승고월하문(僧敲月下門)   스님이 달빛 아래 문을 두드리네.


이렇게 써 놓고 보니, 계속 고민 되는 게 마지막 구절이었습니다. "스님이 달빛 아래 문을 민다(推)"고 해야 할지, "스님이 달빛 아래 문을 두드린다(敲)"고 해야 할지 정하기가 어려웠습니다. 몇 날 며칠을 '퇴'로 할지 '고'로 할지 고민하다 어느 날 길을 나섰는데, 마침 맞은편에서 고관의 행차와 오고 있었어요. 그 사람이 바로 당송팔대가(唐宋八大家)의 한 사람인 한유(韓愈)였어요. 가도는 한유의 행차가 오는 줄도 모르고, 계속 머릿속으로 '퇴'가 좋을까 '고'가 좋을까 고민하다 미처 길을 비키지 못했어요. 한유도 아마 기가 막혔을 겁니다. 어떤 놈이 자기 행차에

**165**

길도 비키지 않고 미친놈처럼 중얼중얼 거리며 다가왔으니까요. 그때 당시 한유는 부윤지사로 오늘날 서울시장과 같은 직책에 있었거든요.

한유가 길을 피하지 않은 이유를 물었습니다. 그러자 가도가 먼저 사과한 다음, 시가 하나 떠올랐는데, 마지막 결구를 어떻게 해야 할지 모르겠다고 했습니다. 다른 사람 같았으면 가도를 공무집행방해죄로 감옥에 집어 넣을 수도 있었을 텐데, 과연 시를 아는 한유인지라 잠시 생각하더니, "내 생각엔 두드릴 고(鼓)가 더 좋을 듯하네."

그 후 둘은 더할 나위 없는 친구가 되어 오랫동안 시로 교유했다고 합니다.

이 고사에서 비롯된 '퇴(推)'와 '고(鼓)' 두 글자가 글을 고친다, 글을 다듬는다는 뜻으로 쓰이게 된 것입니다.

글 고치기는 해도 좋고 안 해도 좋은 일이 아닙니다. 글을 썼으면 반드시 해야 합니다. 우리는 흔히 글을 쓰고 나서 퇴고하지 않습니다. 귀찮아서 그렇기도 하고, 뭘 어떻게 고쳐야 할지 몰라서 그렇기도 합니다. 그러나 그렇다고 안 해서는 안 됩니다. 반드시 해야 하며 많이 할수록 좋습니다. 글은 고치면서 완성되니까요.

쓰는 일보다 오히려 퇴고 하는 과정에 작가는 더 심혈을 기울입니다. 그야말로 피를 짜내는 노력을 기울입니다. 우리가 잘 아는 어니스트 헤밍웨이는 노벨상 수상작인 소설 『노인과 바다』를 무려 200번 고쳐 썼다고 합니다. 이뿐만이 아닙니다. 퇴고와 관련한 일화는 너무 많습니다. 저도 시집이나 소설 같은 작품 초고를 쓰고 나면, 최소 3년 이상 묵히면서 퇴고를 거듭합니다. 주위 사람 의견을 반영하여 고치기도 하고, 6개월 정도 지난 후 다시 꺼내 고치기도 합니다. 이렇게 시간을 두고 고치다 보면, 전에 보이지 않던 문제가 다시 보여 새롭게 퇴고할 수 있습니다.

퇴고의 어려움은 옛 사람들이 남긴 말에서도 찾아볼 수 있습니다.

위인성벽취가구(爲人性癖耽佳句) 내 성벽이 가구를 탐하여

어불경인사불휴(語不驚人死不休) 말이 남을 놀라게 하지 않으면 죽어도 그치지 않으리

중국의 시성詩聖이라 불리는 두보의 말입니다. '성벽'의 '벽癖'은 '고칠 수 없는 병'을 말합니다. 그러니까 "나에겐 아름다운 문장을 탐하는 고질병이 있어서 / 말로 사람을 놀라게 하지 않으면 죽어서까지 쉬지 않겠다. / 이런 말입니다. 이 얼마나 무서운 말입니까?

음안일개자(吟安一箇字)　한 글자를 알맞게 읊조리려고

연단기경자(撚斷幾莖髭)　몇 개의 수염을 비벼 끊었던가

이는 고려시대 시인 노연양의 말입니다. 적절한 단어 한 글자를 찾으려고 얼마나 고심했으면 만지작거리던 수염이 다 끊어졌을까? 그 모습이 정말 눈에 선합니다.

초고를 쓴 다음 읽고 또 읽으며 구석구석 뜯어 고치는 과정이 글쓰기에서는 꼭 필요합니다. 자기 글을 읽고 어디를 어떻게 고쳐야 할지 눈에 들어오기만 해도 상당한 실력을 갖춘 겁니다. 대부분 초보자들은 그런 '눈'이 없지요. 고치고 싶어도 어떻게 고쳐야 할지 모르는 경우가 많습니다. 그럴 때는 다른 사람과 같이 '합평(合評)'을 하는 게 좋습니다. 또 자기보다 기량이 높은 분의 도움을 받아 직접 같이 퇴고해 보는 것도 글쓰기 실력 향상에 도움이 됩니다.

퇴고는 크게 제목과 글 전체 차원, 문단과 문장 차원, 단어와 맞춤법 띄어쓰기, 문장부호 차원에서 이루어집니다.

글 전체 차원에서는 제목과 내용이 일치하는지, 문단과 문단의 연결이 자연스러운지, 예로 든 일화(에피소드)나 근거가 합당한지 등에 대해 검토합니다.

문장 차원에서는 문장의 길이, 주어-서술어의 관계, 수식어-피수식어의 위치, 번역투 문장은 없는지, 의미가 바르게 전달되는지, 어법(시제, 높임말 등)에 맞는 지에 대해 검토합니다.

단어 차원에서는 단어가 바르게 쓰였는지, 조사의 쓰임은 적절한지, 맞춤법, 띄어쓰기, 문장부호 사용 등을 검토합니다.

요즘은 컴퓨터로 글을 쓰다 보니 글 고치는 일이 한결 수월해졌습니다. 예전엔 하나하나 모두 손으로 써야 했어요. 그러니 다 쓴 글을 고치는 데 기울인 노력은 이루

말할 수 없었지요. 그런데도 밤을 새며, 10년, 20년에 걸쳐 고치고 또 고쳤습니다. 쓴 글을 다시 고치는 일은 아무리 해도 지나치지 않습니다.


1) 퇴고할 때의 유의점

퇴고와 관련하여 몇 가지 유의할 점을 알아보겠습니다.

① 제목이 적절한가를 살펴 고칩니다.(이에 대해서는 앞의 글 「제목 붙이기」 참고하세요.)

② 글의 전개가 이야기하듯 자연스러운가를 살핍니다.

③ 문단과 문단 연결이 자연스러운가를 살펴, 부자연스러우면 문단 배치를 새롭게 해보고, 불필요한 문단은 과감히 삭제합니다.

④ 중복되는 표현(의미 중복, 불필요한 말, 같은 단어를 여러 번 쓰지 않았나)이나, 무슨 말인지 모를 중언부언하는 말은 쓰지 말아야 합니다. 그래야 글에 간결함과 생동감이 살아납니다.

⑤ 불필요한 수식어나 군더더기가 없는지, 서술어가 분명하고 간단한지 살핍니다.

⑥ 현학적인 표현, 상투적인 표현, 어려운 말, 멋을 부리는 문장, 비문(문법에 어긋나는 문장)은 없는지 살펴 고칩니다.

⑦ 긴 문장은 짧게 고칩니다.

⑧ 불필요한 접속사(그러나, 그래서, 그렇기 때문에, 그리하여, 즉)를 삭제합니다.

⑨ 맞춤법, 띄어쓰기, 문장부호 사용이 정확한지 살핍니다.


## 2) 틀리기 쉬운 맞춤법

글을 쓸 때 흔히 틀리기 쉬운 말이 있습니다. 이 기회에 머릿속에 넣어두고 글을 쓸 때마다 바로 쓰도록 합시다.

① '쫓다'와 '좇다'

'쫓다'는 '어떤 대상을 잡거나 만나기 위해 뒤를 급히 따르다' 혹은 '어떤 자리에서 떠나도록 몰다' 혹은 '밀려 드는 졸음이나 잡념 따위를 물리치다'라는 의미가 있습 니다. 반면에 '좇다'는 '목표, 이상, 행복 따위를 추구하다' '남의 말이나 뜻에 따르다' '규칙이나 관습 따위를 지켜 서 그대로 하다' '눈여겨보거나 눈길을 보내다' '생각을 하 나하나 더듬어 가다' '남의 이론 따위를 따르다'라는 의미 를 가진 단어입니다. 그러니까 위 예문에서는 '좇다'라고 써야 합니다.

[꿈을 <u>쫓다</u>. / <u>좇다</u>.]


② '이따가'와 '있다가'

'이따가'는 '조금 뒤에'라는 의미를 갖는 부사입니다. 반 면에 '있다가'는 어간 '있'에 어미 '다가'가 붙어 만들어진 말 입니다.

[<u>이따가</u> 보자.]

[집에 <u>있다가</u> 갈게.]


③ '반드시'와 '반듯이'

반드시와 반듯이도 구분해서 써야 합니다. '반드시'는

꼭, 틀림없이, 라는 의미를 지닌 말이고 '반듯이'는 반듯
하게라는 의미를 가진 말입니다.

[<u>반드시</u> 그런 것만은 아니다.]

[허리를 <u>반듯이</u> 펴고 자세를 바르게 해라.]


④ '홀몸'과 '홑몸'

'홀몸'은 배우자나 형제가 없는 사람을 뜻하지만, '홑몸'
은 딸린 사람이 없는 혼자의 몸, 아이를 배지 않은 몸을
뜻합니다.

[과부가 되어 <u>홀몸</u>으로 산다.]

[우리 딸도 임신해서 <u>홑몸</u>이 아니다.]


⑤ '왠지'와 '웬일'

이 말도 자주 쓰면서 헷갈리는 말입니다. 간단히 말하
자면 '왠지'는 '왜' + '인지'가 결합한 말이고, '웬일'는 어찌
된 일, 의외의 뜻을 나타내는 말입니다. 의미가 전혀 다
르죠.

[오늘은 <u>왠지</u> 술을 마시고 싶네.]

[갑자기 <u>웬일</u>이야?]

⑥ '되'와 '돼'

아마 평소 가장 많이 틀리게 쓰는 맞춤법이 '되'와 '돼'가 아닐까 싶습니다. 이 말도 간단히 말하자면 '되'는 '되다'의 어간이고, '돼'는 '되어'의 준말입니다. 그러니까 어떤 문장에 '되어'를 넣었을 때 어색하지 않으면 '돼'를 쓰고, 그렇지 않으면 '되'를 써야 합니다.

[집에 갔다 오면 안 돼(되어)요?]

'돼'의 자리에 '되어'를 넣어도 어색하지 않습니다.

[집에 갔다 오면 안 되지.]

이 경우 만약 '돼'를 썼다면[집에 갔다 오면 안 돼(되어)지.] 해서 말이 안 됩니다. 그러니까 그냥 '되'를 써야 합니다.


⑦ '안'과 '않'

이 말도 자주 틀리는 단어입니다. '안'은 '아니'의 준말이고, '않'은 '아니하'의 준말이라고 생각하면 기억하기 쉽습니다.

[그는 학교에서 공부를 안했다.]

이 때 '안했다'는 '아니했다'라는 말로 말이 됩니다.

[그는 말을 하지 <u>않고</u> 떠났다.]

이 때 '않고'는 '<u>아니하고</u>'이므로 바르게 쓴 것입니다.

[나는 국밥을 좋아하지 않는다.]의 경우도 마찬가지입니다. "나는 국밥을 좋아하지 <u>아니한</u>(아니하 +ㄴ) 다."이므로 "않"이 맞습니다.


⑧ '~로서'와 '~로써'

'~로서'는 자격이나 직위 신분을 나타낼 때, '~로써'는 수단이나 방법을 나타낼 때 씁니다. 그래도 잘 구분이 안되면, 사람을 표현할 때는 '~로서' 그 외에는 모두 '~로써'를 쓰면 된다고 기억해 두세요.

[내가 네 친구<u>로서</u> 하는 말인데~] (자격)

[그 자료를 참고함<u>으로써</u> 글이 더 좋아졌다.] (수단)


⑨ '결제'와 '결재'

윗사람에게 검토 확인을 받는 것은 결재(決裁)이고, 돈을 지불하여 값을 치루는 것은 결제(決濟)입니다. 그러니까 '현금결재'라고 쓰면 잘못된 말입니다. 이 말을 확실히 기억할 수 있는 방법을 알려드리겠습니다. 결<u>제</u>는 경제로 '제'가 같다고 기억해 두세요. 그러니까 모든 경제적인 일, 돈과 관련된 일은 결제, 그 나머지는 결재, 이렇게요. 사소하지만 자주 쓰는 말이니 꼭 알아두시기 바랍니다.

¶ 결재 : 결정할 권한이 있는 상관이 부하가 제출한 안건을 검토하여 허가하거나 승인함.

¶ 결제 : 증권 또는 현금을 주고받아 매매 당사자 사이 거래 관계를 마무리하는 일.


⑩ '웃'과 '윗'

이것도 그냥 외워 두는 게 좋습니다. 아래도 존재하면 '윗'이고, 아래가 없으면 '웃'입니다. 다만 된소리(ㄲ, ㄸ, ㅃ, ㅆ, ㅉ)와 거센소리(ㅋ, ㅌ, ㅍ, ㅊ) 앞에서는 'ㅅ'을 쓰지 못합니다.

[웃어른], [웃돈], [웃자라다] (이 경우에는 '아래'라는 상대 개념이 없으므로 모두 '웃'을 써야 합니다.)

[윗도리], [윗니], [윗변], [윗몸](이 경우에는 '아랫'이라는 상대 개념이 있으므로 모두 '윗'을 써야 합니다.)

[위쪽], [위층](된소리, 거센소리 앞에는 'ㅅ'을 쓰지 않습니다.)

⑪ '요'와 '오'

'요'는 연결형, 나열형 어미로, '오'는 종결형 어미로 써야 합니다.

[꼭 답장해 주십시요.], [수고하십시요.], [안녕히 가십시요.] 모두 잘못된 말입니다. 문장이 끝나는 종결형 어미이기 때문에 모두 '～오'를 써야 합니다.

[이것은 배요, 사과요, 오렌지요 ……](나열)

[새는 펄펄 날고요, 토끼는 깡총 뛰고요.](연결)


⑫ '데로'와 '대로'

이 둘의 차이는 무엇일까요? 장소를 나타내는, 즉 '곳'으로 바꿔 말이 되면 "데로"를 쓰고, 그렇지 않으면 '대로'를 씁니다.

[조용한 데로 가서 얘기하자.] (곳으로)

[부탁하는 대로 다 해 주었다.], [시키는 대로 했을 뿐……]

이 때 '대로'는 의존명사로 앞말과 띄어써야 합니다.


⑬ '～으로'와 '～므로'

헷갈리기 쉬운 말입니다. 이 둘을 확실히 구별하는 방법은, '때문에'라는 뜻이 있으면 무조건 '~므로'로, 그 나머지는 '~으로'를 적습니다.

[부재중이므로 전화를 받을 수 없습니다.],

[혼잡하므로 후문을 이용해 주십시오.] → '때문에'

[편지를 보냄으로 대신한다.] → '~것으로'

따라서 이렇게 정리해 두면 좋습니다.

그러므로 → 그렇기 때문에

그럼으로 → 그러는 것으로

[일을 하므로 보람을 느낀다.] → 일을 하기 때문에 보람을 느낀다.

[일을 함으로 보람을 느낀다.] → 일을 하는 것으로 보람을 느낀다.

⑭ '넘어'와 '너머'

'넘어'는 기본형이 '넘다'로 넘어가는 동작을 나타냅니다. 반면에 '너머'는 '~위로'라는 뜻을 가진 명사입니다.

[고개를 넘어서 읍내로 들어섰다.]

[창문 너머로 바다가 보인다.]

**178**

⑮ '이'와 '히'

'하다'가 붙을 수 있는 말은 '히'를, 아니면 '이'를 씁니다.
단 '깨끗이'는 '이'로 씁니다.

　[솔직히, 간편히, 꼼꼼히, 분명히, 고요히, 조용히]

　[깨끗이, 깊이, 헛되이, 같이, 겹겹이, 알알이]


⑯ '장이'와 '쟁이'

특정한 기술을 가진 사람을 나타낼 때는 '장이'를, 사람
의 성격이나 버릇 습관을 내타낼 때는 '쟁이'를 씁니다.

　[도배장이, 간판장이, 미장이 등]

　[개구쟁이, 멋쟁이, 겁쟁이, 난쟁이, 요술쟁이, 월급쟁이 등]


⑰ '어떡해'와 '어떻게'

'어떡해'는 '어떻게 해'가 줄어든 말이고, '어떻게'는 방
법, 수단을 나타내는 '어떠하게'의 의미입니다.

　[너마저 그러면 어떡해.(어떻게 해)]

　[서울에 어떻게 가지?(어떠하게)]


⑱ '~습니다' 와 '~읍니다'

**179**

이 경우에는 무조건 '~습니다'로 써야 합니다. '~읍니다'는 예전 표기법에 썼던 것으로 지금은 쓰지 않습니다. 다만 '있음'이나 '없음' 등은 '~음'을 그대로 씁니다.

[그 일은 다음 달에 하려고 계획하고 있습니다.]

[더할 나위 없음에 감사드립니다.]

⑲ '붙이다' 와 '부치다'

먼저 '붙이다'는 붙게 하다, 서로 맞닿게 하다, 두 편의 관계를 맺게 하다, 암컷과 수컷을 교합시키다, 불이 옮겨 붙어 타게 하다, 노름이나 싸움 따위를 하게 하다, 습관이나 취미 등이 익어지게 하다, 뺨이나 볼기를 손으로 때리다, 라는 뜻을 지닌 말입니다.

[책상을 벽에 붙이다.], [우표를 편지봉투에 붙였다.], [기타에 취미를 붙였다.], [뺨을 올려붙이다.]

반면 '부치다'는 힘이 미치지 못하다, 부채 같은 것을 흔들어서 바람을 일으키다, 편지나 물건을 보내다, 빈대떡 따위를 익혀 만들다, 어떤 문제를 의논 대상으로 내놓다, 원고를 인쇄에 넘기다 등의 뜻을 가진 말입니다.

[일이 힘에 부친다.], [등기로 편지를 부쳤다], [이번

회의에 부치기로 한 안건입니다.], [논과 밭을 부쳐 먹다.], [순국선열들에게 부치는 글] 등.

⑳ '띄다'와 '띠다'

먼저 '띄다'는 '띄우다', '뜨이다'의 준말입니다.

'띄우다'는 물이나 공중에 뜨게 하다, 공간적으로나 시간적으로 사이를 떨어지게 하다, 편지·소포 따위를 보내다, 등의 뜻을 지닌 말입니다. 그리고 '뜨이다'는 감거나 감겨진 눈이 열리다, 이제까지 없던 것이 나타나 눈에 보이다란 뜻을 지니고 있습니다.

[나무를 좀 더 띄어 심읍시다.], [어제 편지를 띄웠습니다.], [빨간 옷을 입어서 눈에 금방 띈다.],

한편 '띠다'는 띠나 끈을 허리에 두르다, 용무·직책·사명 따위를 맡아 지니다, 감정이나 표정·기운 등을 나타내다, 빛깔을 가지다 등을 나타내는 말입니다.

[허리띠를 띠다.], [임무를 띠고 미국에 갔다.], [얼굴에 미소를 띠다.], [붉은 빛을 띤 꽃잎]

3) 띄어쓰기

맞춤법만큼이나 어려운 것이 우리 말 띄어쓰기입니다.
그렇다고 띄어쓰기를 무시하면 문장의 의미가 완전히 달
라집니다.

[아버지 가방에 들어가신다.]
→ 아버지가 방에 들어가신다.
[아기 다리 고기 다리던]
→ 아 기다리고 기다리던

이렇게 의미가 완전히 변질되는 경우는 많지 않지만
띄어쓰기도 어법에 맞게 해야 합니다. 띄어쓰기와 관련
하여 꼭 알아야 할 몇 가지를 살펴보겠습니다.

① 단어와 단어는 띄어 씁니다.
단어란 뜻이 있고 문장에서 자립적으로 쓰이는 말입
니다.
[하늘, 산, 바다, 파랗다, 예쁘다, 놀다, 공부하다, 그러

나, 아주, 더, ~ ]

이 모두가 하나의 단어입니다. 이런 단어를 쓸 때는 띄어 씁니다.


② 조사는 하나의 단어지만 앞말에 붙여 씁니다.

조사는 뜻이 없이 앞말과 뒷말을 연결해 주는 역할을 합니다. 우리말에서 조사는 하나의 단어로 인정하고 앞말에 붙여 씁니다.

[너는, 네가, 너마저, 너밖에, 너로부터, 너한테만, 너를, 너처럼 ~ ]


③ 의존명사, 단위를 나타내는 명사, 두 말을 열거하는 말 등은 띄어 씁니다.


가. 의존명사의 경우

의존명사란 불완전명사라고도 하는데, 자립성이 없어 문장에서 홀로 쓰일 수 없고 다른 말에 기대어 쓰이는 말입니다.

[아는 것이 힘이다. 나도 할 수 있다. 먹을 만큼 먹어라.

아는 이를 만났다. 네가 뜻한 바를 알겠다. 그가 떠난 지가 오래다.]

위 예문에서 '만큼'의 경우, 띄어 쓰면 의존명사지만, [나도 너만큼 한다.]처럼 앞 말에 붙여 쓰면 조사가 됩니다.


나. 단위를 나타내는 명사의 경우

[한 개, 차 한 대, 금 서 돈, 소 한 마리, 옷 한 벌, 열 살, 연필 한 자루, 집 한 채, 신 두 켤레, 북어 한 쾌 , 김 한 톳……]


다. 두 말을 열거하는 경우

[국장 겸 과장, 열 내지 스물,  청군 대 백군, 이사장 및 이사들……]


④ 보조 용언은 띄어 씀을 원칙으로 하되, 경우에 따라 붙여 쓰기도 합니다.

보조용언은 본래의 의미를 갖는 '본용언'을 보조하여 부정, 피동, 사동 등의 문법적 의미를 더해주는 용언입니다.

[ 불이 꺼져 간다. ― 불이 꺼져간다.]

[내 힘으로 막아 낸다. — 내 힘으로 막아낸다.]

[어머니를 도와 드린다. — 어머니를 도와드린다.]

[그릇을 깨뜨려 버렸다. — 그릇을 깨뜨려버렸다.]

[비가 올 듯하다. — 비가 올듯하다.]

[그 일은 할 만하다. — 그 일은 할만하다.]

[일이 될 법하다. — 일이 될법하다.]

[잘 아는 척한다. — 잘 아는척한다.]


이 외에도 맞춤법과 띄어쓰기에서 유념해야 할 것들이 많이 있습니다. 쓸 때마다 조심하는 수밖에 없으며, 처음 쓸 때 잘못 썼다면, 퇴고할 때 반드시 잡아내 고쳐야 합니다.


4) 교정부호


요즘에는 원고지보다 컴퓨터 워드로 글을 쓰는 경우가 더 많아졌습니다. 초교를 쓴 다음 글을 고칠 때 교정부호를 많이 사용합니다. 출력한 인쇄용지에 바로 교정부호를 사용해 글을 고치는데, 그만큼 교정부호 사용을 알면 글을 고치는 데 유용합니다. 여기서는 교정부호 사용법과 종류에 대해 꼭 필요한 몇 가지를 살펴보겠습니다.(아래 내용은 cafe.daum.net/chungdam/ewLE/8에서 가져왔습니다.)

1) 교정부호 사용법

· 정해진 교정부호를 사용해야 합니다.

· 의미가 명확히 전달되도록 깨끗이 정서하여 가지런히 표기합니다.

· 교정부호 색깔은 원고의 색과 다르고 눈에 잘 띄는 색으로 합니다.

· 교정부호나 글자는 명확하고 간략하게 표기합니다.

· 수정하려는 글자를 정확하게 지적해야 합니다.

· 교정될 부호가 서로 겹치지 않도록 주의하여 교정 내용을 알아볼 수 있도록 합니다.

2) 교정부호의 종류

| 교정<br>부호 | 기능 | 교정 전 |
|---|---|---|
| ⌵ | 띄어 쓸 때 | 소금이⌵백금⌵빛 하얀 |
| ⌢ | 붙이기 | 소금 ⌢이 백금 빛 하얀 |
| ℓℓ | 삭제하기 | 소금이⑦ 백금 빛 하얀 |
| ⌐ | 줄 바꾸기 | 소금이 백금 빛 하얀┃울음을 울었다. |
| ⮌ | 줄 잇기 | 소금이⮌<br>⌐백금 빛 하얀 울음을 울었다 |
| ⌵ | 삽입 | 소금이 백금 ⌵빛 하얀 |
| ♂ | 수정 | 소금이 백금 빛 하얀 |
| ∽ | 앞뒤를 바꿀 때 | 소금이 하얀⟋백금 빛 |
| ⊐ | 들어쓰기 | ⊐소금이 백금 빛 하얀 |
| ⊏ | 내어쓰기 | ⊏소금이 백금 빛 하얀 |

# 2
# 글 고치기 연습

지금까지 우리는 글 고치기에 대해 알아보았습니다. 이제부터 실제로 글을 고치는 연습을 해 보겠습니다. 제시된 글을 본인이 썼다고 생각하고 글을 고쳐 봅시다. 글을 고칠 때는 교정 부호를 사용해 고쳐 보세요.

「예문 ①」

### 쌍둥이 엄마

아이한테 도움이 된다고 해서 무작정 글쓰기 교실을 신청했는데 글재주가 없는 나에게 바로 후회, 포기라는 말들이 떠올랐다.

ⓐ 하지만 내가 했던 말, 우리 쌍둥이에게 늘 잔소리처럼 했던 말들, 모든 일에 적극적이며 최선을 다하는 사람이 되자! 강조했던 말을 떠올리며, 우리 아이에게 모범적인 엄마가 되기 위해 결과보다는 과정에 집중해 보며 흔들리는 내 마음을 다 잡으며 오늘의 과제에 집중해 본다.

1남 3녀로 태어난 나는 장녀로 주변의 모든 사람들에게 관심과 사랑을 듬뿍 받으며 어린 시절을 보냈다. 그럼에도 정작 내가 느끼는 감정은 동생들과 나눠야 한다는 마음에 부모님의 사랑에 충족을 느끼지 못했다.

ⓑ 그래서 나의 미래에는 자식은 하나만 낳아서 잘 키우려 했는데 쌍둥이가 태어나 조금은 당황스러웠지만 쌍둥이가 성장하며 때론 친구처럼 어느 형제보다 더 돈독한 우정을 발견하여 부모님의 또 다른 마음을 느낄 수 있었다.

쌍둥이의 빠른 성장에 엄마에서 나로 돌아오며 나의 이름을 찾을 수 있는 여유가 생기기 시작했다.

나의 위치에서 엄마, 어린이집 원장, 열정이 많은 마흔 넘은 대학생, 그리고 나의 취미 배드민턴 등 바쁜 일과로 나를 찾으며 위해 본다.

쌍둥이 엄마라는 말보다 수영이라 불러 주는 것이 좋고 아이들이 고등학생이 되며 시간적인 여유를 나를 위해 활용하며 당당한 사회인으로 인정받을 수 있어 좋다.

누구에게 보여 주기 위한 인생, 모범이 되기 위한 인생이 아닌 내 아이에게 당당한 엄마로 사회에서 인정받는 나를 위해 파이팅을 외친다.

ⓒ <u>앞으로 다가올 미래에 더 큰 욕심을 내며 오늘도 내일 도 끊임없이 도전하고 어려움을 극복하며 당당한 나를 찾 아 내 인생의 더 멋진 여행을 떠난다.</u>

– 글쓰기 교실 참가자 글

먼저 이 글을 전체 차원에서, 그 다음 문장과 단어 차원에서 고쳐 보겠습니다.

1) 전체 차원에서 : 제목을 바꾸고, 마지막 밑줄 친 문

장 ⓒ를 삭제합니다. 제목 "쌍둥이 엄마"는 글의 소재로
는 적당하지만 글 전체 제목으로는 부적합합니다. '나를
찾아서'나 '내 이름을 찾아서' 정도가 좋습니다. 마지막
문장 ⓒ도 다짐 결의를 나타내 주지만 앞 문장과 의미가
반복됩니다. 삭제하는 것이 좋습니다.


2) 문장 차원에서 : 밑줄 친 문장 ⓐ ⓑ가 길어서 의미
전달에 혼란이 옵니다. 2~3개의 문장으로 짧게 나누어
쓸 필요가 있습니다.


[ⓐ 하지만 내가 했던 말, 우리 쌍둥이에게 늘 잔소리처
럼 했던 말들, 모든 일에 적극적이며 최선을 다하는 사람
이 되자! 강조했던 말을 떠올리며, 우리 아이에게 모범적
인 엄마가 되기 위해 결과보다는 과정에 집중해 보며 흔
들리는 내 마음을 다 잡으며 오늘의 과제에 집중해 본다.]
　→ 하지만 내가 평소에 우리 아이들에게 했던 말, "모든
일에 적극적이며 최선을 다하는 사람이 되자."라는 말을
떠올려 본다. 그러면서 결과보다는 과정에 집중하는 모
범적인 엄마가 되기 위해 흔들리는 마음을 다잡으며 오

늘의 과제에 집중해 본다.

[ⓑ 그래서 나의 미래에는 자식은 하나만 낳아서 잘 키우려 했는데 쌍둥이가 태어나 조금은 당황스러웠지만 쌍둥이가 성장하며 때론 친구처럼 어느 형제보다 더 돈독한 우정을 발견하여 부모님의 또 다른 마음을 느낄 수 있었다.]

→ 그래서 나는 자식은 하나만 낳아 잘 키우려 했는데 그만 쌍둥이가 태어나 당황했다. 그러나 아이들이 성장하며 때론 친구처럼 어느 형제보다 돈독한 우정을 보여 줘 부모님의 또 다른 마음을 느낄 수 있었다.

3) 단어 차원에서 : 글의 곳곳에서 띄어쓰기, 맞춤법, 올바른 단어 및 문장 부호 사용, 생략된 말의 보충 작업이 필요합니다. 한 가지만 지적하면,

[어느 형제보다] → 여느 형제보다

'어느'는 '여러 가지 것들 중 가리키는 것 하나'라는 의미이고, '여느'는 '보통의, 다른'이라는 뜻이므로, 이 글에서는 '여느'로 써야 합니다.

이상과 같은 수정 작업을 통해 고친 글입니다.

# 내 이름을 찾아서

아이한테 도움이 된다고 해서 무작정 글쓰기 교실을 신청했는데 글재주가 없는 나에게 바로 후회, 포기라는 말들이 떠올랐다.

하지만 내가 평소에 우리 아이들에게 했던 말, "모든 일에 적극적이며 최선을 다하는 사람이 되자."라는 말을 떠올려 본다. 그러면서 결과보다는 과정에 집중하는 모범적인 엄마가 되기 위해 흔들리는 마음을 다잡으며 오늘의 과제에 집중해 본다.

1남 3녀로 태어난 나는 장녀로 주변의 모든 사람들에게 관심과 사랑을 듬뿍 받으며 어린 시절을 보냈다. 그럼에도 정작 내가 느끼는 감정은 동생들과 나눠야 한다는 마음에 부모님의 사랑에 충족을 느끼지 못했었다.

그래서 나는 자식은 하나만 낳아 잘 키우려 했는데 그만 쌍둥이가 태어나 당황했다. 그러나 아이들이 성장하며 때론 친구처럼 여느 형제보다 돈독한 우정을 보여줘 @부모

<u>님의 또 다른 마음을 느낄 수 있었다.</u>

쌍둥이의 빠른 성장에 엄마에서 나로 돌아오며 나의 이름을 찾을 수 있는 여유가 생기기 시작했다. ⓑ<u>나의 위치에서 엄마, 어린이집 원장, 열정이 많은 마흔 넘은 대학생, 그리고 나의 취미 배드민턴 등 바쁜 일과로 나를 찾으며 생활해 본다.</u>

쌍둥이 엄마라는 말보다 내 이름을 불러 주는 것이 좋고, 아이들이 고등학생이 되면서 생긴 시간적인 여유를 나를 위해 활용하며 당당한 사회인으로 인정받을 수 있어서 좋다.

누구에게 보여 주기 위한 인생, 모범이 되기 위한 인생이 아닌, 내 아이에게 당당한 엄마로 사회에서 인정받는 나를 위해 파이팅을 외친다.

그런데 아직도 밑줄 친 문장 ⓐ ⓑ의 문맥이 이상합니다. ⓐ는 드러내고자 하는 의미가 분명하지 않고 ⓑ는 문장이 자연스럽지 못합니다. 그래서 이렇게 고쳤습니다.

[부모님의 또 다른 마음을 느낄 수 있었다.]

→ 부모로서 또 다른 마음을 느낄 수 있었다.

어떤가요? 의미가 잘 살아났나요? 위 문장은 내가 부모님의 마음을 느낀 것이고, 아래 문장은 내가 부모로서 느낀 마음입니다.

또 ⓑ 문장은

→ 나는 지금 엄마로, 어린이집 원장으로, 또 열정 많은 마흔이 넘은 대학생으로, 그리고 나의 취미인 배드민턴을 치며 하루하루 바쁜 일과를 보내고 있다.

이렇게 여러 차례 수정한 내용을 바탕으로 완성된 글은 다음과 같습니다.

---

### 내 이름을 찾아서

아이한테 도움이 된다고 해서 무작정 글쓰기 교실을 신청했는데 글재주가 없는 나에게 바로 후회, 포기라는 말들

---

이 떠올랐다.

하지만 내가 평소에 우리 아이들에게 했던 말, "모든 일에 적극적이며 최선을 다하는 사람이 되자."라는 말을 떠올려.본다. 그러면서 결과보다는 과정에 집중하는 모범적인 엄마가 되기 위해 흔들리는 마음을 다잡으며 오늘의 과제에 집중해 본다.

1남 3녀로 태어난 나는 장녀로 주변의 모든 사람들에게 관심과 사랑을 듬뿍 받으며 어린 시절을 보냈다. 그럼에도 정작 내가 느끼는 감정은 동생들과 나눠야 한다는 마음에 부모님의 사랑에 충족을 느끼지 못했었다.

그래서 나는 자식은 하나만 낳아 잘 키우려 했는데 그만 쌍둥이가 태어나 당황했다. 그러나 아이들이 성장하며 때론 친구처럼 여느 형제보다 돈독한 우정을 보여 줘 부모로서 또 다른 마음을 느낄 수 있었다.

쌍둥이의 빠른 성장에 엄마에서 나로 돌아오며 나의 이름을 찾을 수 있는 여유가 생기기 시작했다. 나는 지금 엄마로, 어린이집 원장으로, 또 열정 많은 마흔이 넘은 대학생으로, 그리고 나의 취미인 배드민턴을 치며 하루하루 바쁜 일과를 보내고 있다.

쌍둥이 엄마라는 말보다 내 이름을 불러 주는 것이 좋고, 아이들이 고등학생이 되면서 생긴 시간적인 여유를 나를 위해 활용하며 당당한 사회인으로 인정받을 수 있어서 좋다.

누구에게 보여 주기 위한 인생, 모범이 되기 위한 인생이 아닌, 내 아이에게 당당한 엄마로 사회에서 인정받는 나를 위해 파이팅을 외친다.

「예문 ②」

이번에는 다른 글을 고쳐 보겠습니다. 앞의 글이 생활 글이라면 지금 고쳐볼 글은 설명하는 글입니다. 우선 한 번 읽어 보면서 고칠 내용을 생각해 봅시다.

# 호남평야에도 큰 산이 있다

내 친구 최영은 김제 사람이다.

누구라도 한 번만 들으면 절대로 잊을 수가 없는 '위대한 이름'을 가지고 있는 그는, 고향도 그 '유명한' 호남평야 한 가운데이다. 김제시 진봉면, 주위를 둘러보면 산이라고는 거의 보이지 않는, 우리나라에서 유일하게 지평선을 볼 수 있는 곳, 호남평야의 한 가운데가 바로 그의 고향 김제시 진봉면 가실리 정동마을이다. 가실리 정동마을은 너른 들판 한 가운데 야트막한 구릉지 위에 자리를 잡았다. 주변보다 높으니 구릉이라고 해야겠지만 사실 해발고도가 10m 정도 밖에 되지 않는 곳으로 평지나 다름이 없다.

국내 최대의 너른 평야에서 난 최영의 어부인은 충청도 금산 사람이다. 금산군 군북면 두두리 음지마을. 두두리는 해발 180m를 넘는 고지대에 자리를 잡고 있는 마을로 사방을 둘러봐도 첩첩산중, 산 밖에 보이지 않는 마을이다. 주변을 400m~600m를 넘나드는 산들이 둘러싸고 있는 작은 산간 분지여서 평지가 거의 없다. 한반도 땅의 서쪽에 있기 망정이지 동쪽이었으면 설악산, 오대산이 울고 갔을 것이다. 산지 사이를 흐르는 하천(조정천) 주변에 좁은 평지가 있기는 하지만 군북면 소재지가 있는 가장 넓은 곳도 폭이 1km 남짓이다.

처음으로 둘이서 함께 김제 고향에 가는 길이었단다. 당연히 호남평야 한 가운데를 지나갔겠지?

"저기는 왜 농사를 안 지어요?"

어부인께서 차창 밖을 가리키면서 묻더란다.

"응? 어디?, 아~ 저기 저 산?"

"산이라니요. 저게 무슨 산이에요. 밭을 만들고도 남을 땅인데…"

금산, 그 중에서도 군북면이라면 그 정도의 땅은 당연히 농사를 지어야 한다. 충청남도 최고봉인 서대산(978.1m) 남쪽 자락을 차지하고 있는 군북면에서는 그것이 당연하고 현명한 선택이다. 마을을 둘러싸고 있는 닭이봉(508m), 철마산(464m), 국사봉(667.5m), 방화봉(555m) 등 굵직한 산들은 마을과의 표고차가 300m~500m를 넘나든다. 산이라면 이 정도는 되어야지 해발 30m도 채 안 되는 언덕배기가 산이라니 당치도 않다.

하지만 그런 당치도 않는 언덕배기가 호남평야에서는 어엿한 산으로 대접을 받는다. 가실리 정동마을 동남쪽에 성덕사라는 작은 절이 있는데 그 뒷산이 이 일대에서 가장 높은 '산'이다. 하지만 가장 높은 곳이라고 해봤자 해발고도가 27m에 불과하다. 서대산 줄기를 바라보면서 자란 어부인의 눈으로 보면 하품이 나올 지경이다. 그럼에도 불구하고 이 산은 '성덕산'이라는 어엿한 이름을 가지고 있다. 한자로는 聖德山, 즉 '성스럽고 덕이 있는 산'이니 이름으로 따지면 대단한 권위를 가진 산이라 할 만 하다. 마을과의 표고차가 10m 남짓이지만 그 꼭대기에 올라서면 사방팔방이 다 보여서 서대산이 울고갈 전망을 자랑한다. 그래서 일찍이 백제시대에 이 산 둘레에 성(성덕산성)을 쌓았었다고 한다. 그리고 어엿하게 진봉면과 성덕면을 가르는 지형적 경계이기도 하다. 옛날 어떤 유명한 지관이 '어진 사람이 많이 날 산'이라고 했다는 얘기도 전한다. 이런 사실들을 통해 보면 이 산이 그저 이름만 산이 아닌 실제로 '대단한' 산이라는 것을 알 수 있다.

'산'은 그러니까 절대적 기준이 아니라 상대적 기준으로 정의되는 것이다. 꼭 높아야만 산이 되는 것은 아니라는 얘기다. 2천m 이상의 고봉이 즐비한 개마고원에서는 2천m를 넘나드는 봉우리 중에 이름이 없는 것이 수두룩하다. 반대로 해발 10m가 못되는 저지대인 호남평야에서는 27m만 되어도 '큰 산'이 되는 것이다. 호남평야의 끝인 만경강변 진봉산은 해발 72m로 성덕산의 세 배에 육박하는 '엄청나게' 높은 산이다.

그러니 이 부부는 둘 다 큰 산의 정기를 받고 태어난 것이다. 호남평야 정동마을에서 태어난 최영은 어진 사람이다. 어느 도사님 말씀처럼 성덕산 정기를 받아서 그렇다. 호남평야 너른 들의 정기는 덤이다. 그의 어부인은 높은 산과 깊은 계곡을 닮아 현명하고 속이 깊다. 충청남도 최고봉 서대산과 국사봉 정기를 받아서 그렇다. 높이는 많은 차이가 나지만 둘 다 '큰 산'이기는 마찬가지이니 큰 산의 정기를 받고 태어난 부부가 분명하다.

▶ 사족 한 마디

최영 고향 마을의 산들은 어부인 말씀처럼 실제로 나무를 잘라내고 땅을 일구면 농사를 짓고도 남을 땅이다. 경사도 완만하고 높이도 높지 않기 때문에. 그런데 엉뚱하게도 듬성듬성 어설프게 소나무가 자라고 있는 것이다. 이 얼마나 아까운 땅인가! 그런데 굳이 그걸 개간하지 않고 남겨 놓은 이유는 무엇일까?

답은 '묘지와 경계'이다.

개간 과정에서 사람들이 경지와 경지 사이의 경계 부분을 마지막까지 남겨 놓은 것이다. 일종의 '경지 완충지대'라고 할까? 듬성듬성 서 있는 몇 그루의 나무들이 "나 산이거든~" 하고 외치고 있는 것 같다.

그리고 또 하나, 묘지 공간이다. 산에 매장을 하는 우리의 전통 관습 때문에 마을이 있으면 반드시 산이 있어야만 한다. 대부분의 우리나라 마을들은 배산임수형이기 때문에 묘지 공간을 걱정할 필요가 없다. 하지만 호남평야 한가운데에 있는 마을은 사정이 다르다. 농사짓는 것이 가능한 땅을 몽땅 경지로 바꿔 놓으면 조상은 어디에 모신단 말인가! 결국 약간이라도 높은 곳을 묘지 자리로 남겨둔 것이다.

— 글쓰기 교실 참가자 글

우선 이 글을 읽고 가장 먼저 눈에 띄는, 고쳐야 할 부분은 무엇인가요?

1) 글의 맨 뒤에 '사족'으로 남겨놓은 부분입니다. 사실 이 글의 핵심은 사족에 있는 내용입니다. 그런데 그렇게 중요한 부분을 글 안에 넣지 않고, 사족으로 달아 놓은 것이 이상할 정도입니다. 이 부분은 당연히 글 속에 녹아들게 해야 합니다.

2) 그 다음 눈에 거슬리는 부분은 '어부인'이라는 말입니다. 친구 부인을 가리키는 말인데 어부인라고 했습니

다. 글을 쓰다 보면 자기도 모르게 글쓴이의 사상이나 습관, 사물과 세계를 보는 시각 등이 드러납니다. 어분인이라는 말은 어려운 한자어일 뿐만 아니라 현대적이지 못한 말입니다. 그냥 부인이라고 해야 합니다.

3) 그 외 글의 제목, 문단의 흐름, 문장, 단어, 등 고쳐야 할 것이 많습니다.

4) 다만 이 글에서 좋게 보이는 점은 호남평야에도 큰 산이 있다는 것을 설명하는데, 처음부터 딱딱하게 이론적으로 설명하지 않고, 친구와 친구 부인의 말(에피소드)을 통해 설명하고자 한 것입니다.

이상의 내용을 바탕으로 다음과 같이 글을 고쳤습니다. 밑줄 친 부분을 유의하면서 읽어보시기 바랍니다.

---

### 27미터짜리 '높은' 산

내 친구 최영은 김제 사람이다.

한 번만 들으면 잊을 수가 없는 위대한 이름을 가지고 있

---

는 그는 고향도 그의 이름만큼이나 유명한 호남평야. 주위에 산이라고는 거의 보이지 않는, 우리나라에서 유일하게 지평선을 볼 수 있는 곳, 김제시 진봉면 가실리 정동마을이 그의 고향이다. 정동마을은 너른 들판 한가운데 야트막한 구릉지 위에 자리를 잡고 있다. 주변보다 높으니 구릉이라고 해야겠지만 사실 해발고도가 10m 정도 밖에 되지 않아 평지나 다름이 없다.

그의 아내는 충청도 금산 사람이다. 금산군 군북면 두두리 음지마을. 음지마을은 해발 180m를 넘는 고지대에 자리를 잡고 있는 마을로 사방을 둘러봐도 첩첩산중, 산밖에 보이지 않는다. 주변을 400m~600m를 넘나드는 산들이 둘러싸고 있는 작은 산간 분지여서 평지가 거의 없다. 한반도 땅의 서쪽에 있기 망정이지 동쪽이었으면 설악산, 오대산이 울고 갔을 것이다. 산지 사이를 흐르는 하천(조정천) 주변에 좁은 평지가 있기는 하지만 군북면 소재지가 있는 가장 넓은 곳도 폭이 1km 남짓이다.

처음으로 함께 고향 김제에 가는 길이었단다.

"저기는 왜 농사를 안 지어요?"

금산 아가씨가 차창 밖을 가리키면서 묻더란다.

"응? 어디?, 아~ 저기 저 산?"

"산이라니요. 저게 무슨 산이에요. 밭을 만들고도 남을 땅인데…"

금산, 그 중에서도 군북면이라면 그 정도의 땅은 당연히 농사를 지어야 한다. 충청남도 최고봉인 서대산(978.1m) 남쪽 자락을 차지하고 있는 군북면에서는 그것이 당연하고 현명한 선택이다. 마을을 둘러싸고 있는 닭이봉(508m), 철마산(464m), 국사봉(667.5m), 방화봉(555m) 등 굵직한 산들은 마을과의 표고차가 300m~500m를 넘나든다. 산이라면 이 정도는 되어야지 해발 30m도 채 안 되는 언덕배기가 산이라니!

하지만 그런 당치도 않은 언덕배기가 호남평야에서는 어엿한 산으로 대접을 받는다.

정동마을 동남쪽에 성덕사라는 작은 절이 있는데 그 뒷산이 이 일대에서 가장 높은 산이다. 하지만 가장 높은 곳이라고 해봤자 해발고도가 27m에 불과하다. 서대산 줄기를 바라보면서 자란 사람의 눈으로 보면 하품이 나올 지경이다. 그럼에도 불구하고 이 산은 '성덕산'이라는 어엿한 이름을 가지고 있다. 한자로는 聖德山, 즉 '성스럽고 덕이 있는 산'이니 이름으로 따지면 대단한 권위를 가진 산이라 할 만하다. 마을과의 표고차가 10m 남짓이지만 그 꼭대기에 올라서면 사방팔방이 다 보여서 서대산이 울고 갈 전망을 자랑한다. 그래서 일찍이 백제시대에 이 산 둘레에 성(성덕산성)을 쌓았었다고 한다. 그리고 어엿하게 진봉면과 성덕면을 가르는 지형적 경계이기도 하다. 옛날 어떤 유명한 지관이 '어진 사람이 많이 날 산'이라고 했다는 얘기도 전해진다. ⓐ 이런 사실을 통해 보면 이 산이 그저 이름만 산이 아닌 실제로 대단한 산이라는 것을 알 수 있다.

산은 그러니까 절대적 기준이 아니라 상대적 기준으로 정의된다. 꼭 높아야만 산이 되는 것은 아니라는 얘기다. 2천m 이상의 고봉이 즐비한 개마고원에서는 2천m를 넘나드는 봉우리 중에 이름 없는 산이 수두룩하다. 반대로 해발 10m가 못되는 저지대인 호남평야에서는 27m만 되어도 '큰 산'이다.

ⓑ 최영 고향 마을의 산들은 실제로 나무를 잘라내고 땅을 일구면 농사를 짓고도 남을 땅이다. 경사가 완만하고 높지도 않기 때문이다. 그런데 엉뚱하게도 듬성듬성 어설프게 소나무가 자라고 있다. 얼마나 아까운 땅인가! 그런데 굳이 그걸 개간하지 않고 남겨 놓은 이유는 무엇일까?

ⓒ <u>답은 '경계'와 '묘지'다.</u>

개간 과정에서 사람들이 경지와 경지 사이 경계 부분을 마지막까지 남겨 놓은 것이다. 일종의 '경지 완충지대'다. 듬성듬성 서 있는 몇 그루 나무들이 "나 산이거든~" 하고 외치고 있는 것 같다.

그리고 또 하나, 묘지 공간이다. 산에 매장을 하는 우리의 전통 관습 때문에 마을이 있으면 반드시 산이 있어야만 한다. 대부분 우리나라 마을들은 배산임수형이기에 묘지 공간을 걱정할 필요가 없다. 하지만 호남평야 한 가운데에 있는 마을은 사정이 다르다. 농사가 가능한 땅을 몽땅 경지

로 바꿔 놓으면 조상을 모실 땅이 없어진다. 그래서 약간이
라도 높은 곳을 묘지 자리로 남겨 둔 것이다.

ⓓ <u>호남평야 정동마을에서 태어난 최영은 어진 사람이
다. 어느 도사님 말씀처럼 성덕산 정기를 받아서 그렇다.
호남평야 너른 들의 정기는 덤이다. 그의 아내는 높은 산과
깊은 계곡을 닮아 현명하고 속이 깊다. 충청남도 최고봉 서
대산과 국사봉 정기를 받아서 그렇다. 높이는 차이가 많이
나지만 둘 다 '큰 산'이기는 마찬가지이니 큰 산의 정기를
받고 태어난 부부임에 분명하다.</u>

어떤가요? 밑줄 그은 부분은 모두 다시 고쳐야 할 부
분입니다. 생략해도 좋은 조사도 있고, 띄어쓰기가 잘못
된 부분도 있고, 문장을 삭제하거나 자연스럽게 고쳐야
할 곳도 있습니다. 우선 이 글에서 가장 문제가 되는 곳
은 어디인가요?

마지막 ⓓ문단입니다. ⓓ문단은 이 글의 끝부분으로
아주 중요한 곳입니다. 앞에서 쓴 내용을 잘 마무리하여

독자에게 깊은 인상을 주어야 합니다. 그런데 어떤가요? 엉뚱하게도 글쓴이는 호남평야에 있는 산에 대한 이야기가 아닌 친구 최영 부부에 대한 인물평을 하고 있습니다.

그 다음 고쳐야 할 곳은 ⓒ입니다. "답은 ~~이다." 형식으로 글을 전개하고 있는데, 이렇게 단정적으로 제시하기보다는 그 내용이 글에 녹아들어 독자가 자연스럽게 이해할 수 있게 해야 합니다. 또 ⓐ문장은 앞의 내용과 중복되어 삭제하는 것이 좋고, ⓑ문장은 전체 맥락에 맞게 다시 정리하여 쓰는 것이 좋습니다.

이 같은 문제를 고쳐 쓴 글이 아래 글입니다.

---

### 27미터짜리 '높은' 산

내 친구 최영은 <u>김제</u> 사람이다. 한 번 들으면 잊을 수 없는 이름을 가지고 있는 그는 고향도 그의 이름만큼이나 유명한 호남평야다. 주위에 산이라고는 거의 보이지 않는, 우리나라에서 유일하게 지평선을 볼 수 있는 곳, 김제시 진봉면 가실리 정동마을이 그의 고향이다. 정동마을은 너른

---

들판 한가운데 야트막한 구릉지 위에 자리를 잡고 있다. 주변보다 높으니 구릉이라고 해야겠지만 사실 해발고도가 10m 정도밖에 되지 않아 평지나 다름이 없다.

그의 아내는 충청도 금산 사람이다. 금산군 군북면 두두리 음지마을. 음지마을은 해발 180m를 넘는 고지대에 자리를 잡고 있는 마을로 사방을 둘러봐도 첩첩산중, 산 밖에 보이지 않는다. 주변을 400m~600m를 넘나드는 산들이 둘러싸고 있는 작은 산간 분지여서 평지가 거의 없다. 한반도 땅의 서쪽에 있어서 그렇지 동쪽이었으면 설악산, 오대산에 견줄만 했을 것이다. 산지 사이를 흐르는 하천(조정천) 주변에 좁은 평지가 있기는 하지만 군북면 소재지가 있는 가장 넓은 곳도 폭이 1km 남짓이다.

ⓐ 고향 김제에 처음으로 함께 가는 길이었단다.

"저기는 왜 농사를 안 지어요?"

"응? 어디?, 아~ 저기 저 산?"

"산이라니요. 저게 무슨 산이에요. 밭을 만들고도 남을 땅인데…"

ⓑ 금산, 그 중에서도 군북면이라면 그 정도 땅은 당연히 농사를 지어야 한다. 충청남도 최고봉인 서대산(978.1m) 남쪽 자락을 차지하고 있는 군북면에서는 그것이 당연하고 현명한 선택이다. 마을을 둘러싸고 있는 닭이봉(508m), 철마산(464m), 국사봉(667.5m), 방화봉(555m) 등 굵직한 산들은 마을과의 표고차가 300m~500m를 넘나든다. 산이라면 이 정도는 되어야지 해발 30m도 채 안 되는 언덕배기가 산이라니!

하지만 그런 당치도 않은 언덕배기가 호남평야에서는 어엿한 산으로 대접을 받는다.

ⓒ 정동마을 동남쪽에 성덕사라는 작은 절이 있는데 그 뒷산이 이 일대에서 가장 높은 산이다. 하지만 가장 높은 곳이라고 해봤자 해발고도가 27m에 불과하다. 서대산 줄기를 바라보면서 자란 사람의 눈으로 보면 하품이 나올 지경이다. 그럼에도 불구하고 이 산은 '성덕산(聖德山)'이라는 어엿한 이름을 가지고 있다. '성스럽고 덕이 있는 산'이니 이름만으로 보면 대단한 권위를 가진 산이라 할 만 하

다. 마을과의 표고차가 10m 남짓이지만 그 꼭대기에 올라서면 사방팔방이 다 보여서 서대산이 부럽지 않은 전망을 자랑한다. 그래서 일찍이 백제시대에는 이 산 둘레에 성(성덕산성)을 쌓았다. ⓓ 지금은 진봉면과 성덕면을 가르는 지형적 경계이기도 하다. 옛날 어떤 유명한 지관이 '어진 사람이 많이 날 산'이라고 했다는 얘기도 전해진다.

ⓔ 산은 그러므로 절대적 기준이 아니라 상대적 기준으로 정의된다. 2천m 이상의 고봉이 즐비한 개마고원에서는 2천m를 넘나드는 봉우리 중에 이름 없는 산이 수두룩하다. 반대로 해발 10m가 못되는 저지대인 호남평야에서는 27m만 되어도 '큰 산'이다.

가실리 마을의 산들은 실제로 나무를 잘라내고 땅을 일구면 농사를 짓고도 남을 땅이다. 높지도 않고 경사가 완만하기 때문이다. 그런데 듬성듬성 어설프게 소나무가 자라고 있으니 얼마나 아까운 땅인가!

그럼에도 굳이 그걸 개간하지 않고 남겨놓은 이유는 무엇일까?

개간 과정에서 사람들이 경지와 경지 사이 경계 부분을 마지막까지 남겨 놓은 것이다. 일종의 '경지 완충지대다. 듬성듬성 서 있는 몇 그루 나무들이 "나 산이거든~" 하고 외치고 있는 것 같다.

ⓕ 그리고 또 하나, 묘지 공간이다. 산에 매장을 하는 우리의 전통 관습 때문에 마을이 있으면 반드시 산이 있어야만 한다. 대부분 우리나라 마을들은 배산임수형이기에 묘지 공간을 걱정할 필요가 없다. 하지만 호남평야 한 가운데에 있는 마을은 사정이 다르다. 농사가 가능한 땅을 몽땅 경지로 바꿔 놓으면 조상을 모실 땅이 없어진다. 그래서 약간이라도 높은 곳을 묘지 자리로 남겨 둔 것이다.

위에서 글을 두 번 고쳤는데도 아직도 더 고쳐야 할 곳이 있습니다. 밑줄 친 부분을 아래에 있는 고친 글과 비교해 보면서 어떻게 고쳤는지 읽어 보시기 바랍니다. 여기서는 밑줄 친 부분을 중심으로 말씀드리겠습니다.

ⓐ 부분 : 부부가 서로 대화하는 형식으로 고쳤습니다.

그렇게 해야 처음 이 글을 쓸 때 가졌던 의도가 살아나기 때문입니다.

ⓑ "금산, 그 중에서 금북면이라면~" 이런 식의 문장이 눈에 거슬렸습니다. 주어-서술어를 갖춘 온전한 문장으로 표현하는 게 좋습니다.

ⓒ 문장을 짧게 끊어 썼고, 앞뒤 내용을 고려해 문맥이 자연스럽게 흐르도록 고쳤습니다.

ⓓ 이 부분에서 '지관'의 이야기는 생략하는 게 좋습니다. 구체적 사실이 아닌 '~~ 하더라' 하는 식의 풍문에 가깝기 때문입니다. 그러나 이 글에서는 앞뒤 문장을 하나로 묶어 살렸습니다.

ⓔ지금까지 내용과 앞으로의 글 내용이 자연스럽게 이어지도록 "이런 점에서 볼 때"라는 말을 넣었습니다.

ⓕ는 이 글의 끝부분으로 가장 중요한 부분입니다. 설명하고자 하는 내용이 드러나 있기는 하지만 자연스럽게, 글 전체의 내용을 아우르면서 끝맺지 못하고 있습니다.


이런 점을 고려하여 다시 고친 글을 읽어 보시기 바랍

니다.

## 27미터짜리 '높은' 산

내 친구 최영은 전라북도 김제 사람이다. 한 번 들으면 잊을 수 없는 이름을 가지고 있는 그는 고향도 그의 이름만큼이나 유명한 호남평야다. 주위에 산이라고는 거의 보이지 않는 우리나라에서 유일하게 지평선을 볼 수 있는 곳, 김제시 진봉면 가실리 정동마을이 그의 고향이다. 정동마을은 너른 들판 한가운데 야트막한 구릉지 위에 자리를 잡고 있다. 주변보다 높으니 구릉이라고 해야겠지만 사실 해발고도가 10m 정도밖에 되지 않아 평지나 다름이 없다.

그의 아내는 충남 금산 사람이다. 금산군 군북면 두두리 음지마을. 음지마을은 해발 180m가 넘는 고지대에 자리한 마을로 사방을 둘러봐도 첩첩산중, 산 밖에 보이지 않는다. 주변에 400m~600m가 넘는 산들이 둘러싸고 있어 평지가 거의 없다. 한반도 땅의 서쪽에 있어서 그렇지 동쪽에 있었더라면 설악산, 오대산에 견줄만 했을 것이다. 산지 사이를 흐르는 하천(조정천) 주변에 좁은 평지가 있기는 하지만 군북면 소재지가 있는 가장 넓은 곳도 폭이 1km 남짓이다.

부부가 함께 김제에 가는 길이었다.

"저기는 왜 농사를 안 지어요?"

부인이 호남평야 들판에 있는 산을 보고 물었다.

"응? 어디?, 아~ 저기 저 산?"

최영이 의아해하자,

"산이라니요. 저게 무슨 산이에요. 밭을 만들고도 남을 땅인데…"

부인이 고개를 갸웃거렸다.

그의 부인이 사는 금산군 군북면이라면 저런 땅은 당연히 농사를 지어야 한다. 충남의 최고봉인 서대산(978.1m) 남쪽 자락에 위치한 군북면에서는 당연히 그렇게 해야 할 일이다. 마을을 둘러싸고 있는 닭이봉(508m), 철마산(464m), 국사봉(667.5m), 방화봉(555m) 등 높직한 산들은 마을과의 표고차가 300m~500m를 넘나든다. 산이라

217

면 이 정도는 되어야지 해발 30m도 채 안 되는 저런 언덕배기가 산이라니!

그러나 그런 당치도 않는 언덕배기가 호남평야에서는 어엿한 산으로 대접을 받는다.

정동마을 동남쪽에 성덕사라는 작은 절이 있다. 그 뒷산이 이 일대에서 가장 높은 산인데, 가장 높다고 해 봤자 해발고도가 27m에 불과하다. 서대산 줄기를 바라보며 자란 사람의 눈으로 보면 하품이 나올 지경이다. 그럼에도 불구하고 이 산은 '성덕산(聖德山)'이라는 어엿한 이름을 가지고 있다. '성스럽고 덕이 있는 산이니 이름만으로 보면 대단한 권위를 가진 산이라 할 만하다. 마을과의 표고차가 10m 남짓이지만 그 꼭대기에 올라서면 사방팔방이 다 보여 서대산이 부럽지 않은 전망을 자랑한다. 그래서 일찍이 백제시대에는 이 산 둘레에 성(성덕산성)까지 쌓았다. 지금은 진봉면과 성덕면을 가르는 지형적 경계가 되었고, 옛날 어떤 유명한 지관이 '어진 사람이 많이 날 산'이라고 했다는 얘기도 전해질 정도다.

이런 점에서 볼 때 산은 절대적 기준이 아니라 상대적 기준으로 정의됨을 알 수 있다. 2천m 이상 고봉이 즐비한 개마고원에서는 2천m를 넘나드는 봉우리 중에 이름 없는 산이 수두룩하다. 반대로 해발 10m가 못되는 저지대인 호남평야에서는 27m만 되어도 '큰 산'이 된다.

가실리 마을의 산들은 실제로 나무를 잘라내고 땅을 일구면 농사를 짓고도 남을 땅이다. 높지도 않고 경사가 완만하기 때문이다. 그런데도 굳이 그걸 개간하지 않고 남겨 놓은 이유는 무엇일까?

개간 과정에서 사람들이 경지와 경지 사이 경계 부분을 만들어 마지막까지 남겨 놓은 것이다. 일종의 '경지 완충지대'인 것이다. 듬성듬성 서 있는 몇 그루 소나무들이 "나 산이거든~" 하고 외치고 있는 것 같다.

또 하나 그 땅을 개간하지 않은 이유는 묘지 공간으로 쓰기 위해서이다. 우리나라는 사람이 죽으면 시신을 매장하는 전통 관습이 있는데, 따라서 마을이 있으면 반드시 산이 있어야 한다. 그런데 우리나라 마을은 대부분 배산임수형이기 때문에 묘지 공간을 걱정할 필요가 없다. 그러나 호남 평야 한가운데에 있는 마을은 사정이 다르다. 농사가 가능한 땅을 개간해 몽땅 경지로 바꿔 놓으면 어디에 조상을 모시겠는가. 27m 산 같지도 않은 언덕빼기 구릉이 호남평야에서는 어엿한 산 대접을 받고 있는 이유다.

여러 차례 고치면서 글이 완성되어 감을 볼 수 있습니다. 글은 많이 고칠수록 완성도가 높아집니다. 한 편의 좋은 글은 이렇게 처음 쓰고자 하는 발상 단계에서부터 마지막 글을 고쳐 완성하기까지 많은 노력을 통해 이루어집니다.